自殺行き往復切符

赤川次郎

角川文庫
21150

目次

第一章　断崖の恋人たち

1

真鍋志津子《まなべしずこ》は、あと五分で三時になるというのに、まだ出かけていいものかどうか、決めかねていた。

実の所、選ぶ余地はなかった。今日の婦人会では、志津子が発言の順番に当っており、欠席するわけにいかなかったからだ。それでも志津子をためらわせているのは、母親としての第六感とでもいったものだったかもしれない。

あんなに反抗的だった今日子《きょうこ》が、二、三日前から急に素直に、おとなしくなって、父や母へ愛想よくすらなっていたのが、志津子にはどうも引っかかってならないのだ。——そんなに急に、手のひらを返すように変るものだろうか？

志津子は思わず苦笑した。

このひと月余り、志津子は一人娘の今日子と毎晩のように口論をくり返して来た。たまに父親が早く帰宅した時は父も加わって、実際後になると志津子自身、今日子が可哀そうになるほどに、両親二人して娘を叱りつけたのだ。

しかし、口論の最中には、そんな同情心を起こす余裕などない。いつも最初は、今日こそ冷静に話をしようと決心して始めるのだが、十九歳の今日子にそれを求めるのは無理な話で、恋人のことを少しでも悪しざまに言われようものなら、目に涙を浮かべて食ってかかる。

そうなると志津子も娘を黙らせようと、つい声が高くなり、感情も昂《たかぶ》って、いつしか二人の話し合いは激しい言い合い、ののしり合いへとエスカレートして行くのだ……。

今日子も辛《つら》いだろうが、志津子とてそんな「日課」を楽しんでいたわけではない。一日も早く終ってくれれば……。そう祈っていたのである。

そして今、それが現実になってみると、今度は不安で仕方ない。ずいぶん勝手なものだわ、と志津子は苦笑いしたのであった。

――三時を過ぎていた。もう出かけなくては。仕度は終えている。後はハンドバッグを手に玄関を出るだけだ。

居間のソファから立ち上がると、志津子は一応今日子の部屋を覗《のぞ》いて行こうと思った。大学は休講だと言って、遅い朝食――といっても志津子の昼と一緒だった――を食べに階下《した》へ下りて来て、また自分の部屋へ戻ってそれきりである。

階段を上って、取っつきが今日子の部屋だ。

「――今日子」

と志津子は呼びかけた。――答えがない。

「今日子、お母さん、出かけて来るけど……今日子？」

ふっと、いやな予感がした。いないはずはない。それなのに……。

まさか！　首でも吊《つ》って――。

「今日子！」

切迫した声を上げて、ドアを開け、中へ入ると――ベッドに寝転がっていた今日子が、何事かという顔で起き上がった。志津子は胸を撫《な》で下ろし、今日子がヘッドホンを外すのを眺めて苦笑いした。ヘッドホンからは、これだけ離れていても、ロックだか何だかが鳴っているのが聞こえて来る。これでは呼ぶ声など聞こえるはずもない。

「どうしたの、お母さん？」

今日子は不思議そうに、「えらく怖い顔して入って来たわよ」

「何でもないわ。――婦人会の集りで出かけて来るわね」

「ああ、昨日そんなこと言ってたっけね。いいわよ、どうぞ」

口のきき方はぞんざいだが、それはもともとのことだ。しかし、そこには、つい三日前までの敵意は感じられない。――志津子は、ジーパンにセーター姿でベッドに横になって雑誌をめくっている娘の姿を見ている内に、ついさっきまで心の底にくすぶっていた疑念が消えて行くのを感じた。

何も心配することはないんだわ。何といっても、この子は私の娘なんだもの……。

「出かけないの？」

と今日子が母の顔を見る。

「い、いえね……。じゃ、行って来るわ。帰りは夜になると思うけど」

「お腹空《す》いたら適当に食べるわ」

「そう。――出来るだけ早く帰るわ」

「はい」

と、もう無関心な様子で雑誌を眺めている。志津子は部屋を出てドアを閉じかけたが、

「――今日子」

「何なの？」

「あなた……もう大丈夫なの？」

「大丈夫、って……木村《きむら》君のこと？」

志津子は黙って肯《うなず》いた。

「もう言わないで」

今日子は突き放すような口調で言った。「もう終ったんだから、彼とは」

そしてまた雑誌へ目を戻してしまう。

志津子はそれ以上言うことも思い付かなかった。ドアを閉じ、階段を下りながら、ホッとため息をついた。長い長い、重苦しい日々がやっと終ったのだ。

今日子を手の中へ取り戻したという安心感と共に、今日子への哀れみの気持が起って来た。

――あれほど愛していると絶叫し、結婚させてくれなければ死ぬとまで言った恋を失うのは、

いかに現代っ子の今日子でも、苦しい試練だったに違いない。二人の間に何があったのか、何が語られたのかは分らないが、それは訊《き》かずにおこう。

ともかく今日子は戻って来たのだ。それで充分だ。志津子は、婦人会が終らなくても、夕食の仕度には間に合うように帰ろう、と思った。

今日子は、母親が玄関を出て、通りでタクシーを拾って乗り込むまで、窓辺に立ってじっと見守っていたが、タクシーが走り去ってしまうと行動を開始した。

ベッドの下からスーツケースを引っ張り出す。もう着替えの類は詰めてあった。後は小物類、それに久夫《ひさお》からの手紙の束をスーツケースのポケットへ押し込む。

時間はまだ充分にあったが、こうしてせき立てられるように動き回っていないと、何となく不安だった。決心が鈍るような気がしたのだ。——駈《か》け落ち。久夫にそう言われた時は、何だか少しも現実のように思えず、ポカンとしていた。

「駈け落ちって……」

「分るだろう？　二人で家を出るのさ」

「出るっていっても……。どうやって？」

久夫は笑って、

「どうやるも何もないよ。荷物をまとめて、出て来ればいいのさ。見付からないようにね」

「夜中に？」

「何も夜じゃなくたって、君の両親がいない時ならいつでもいいさ。お父さんは昼は会社だろう？　お母さんもよく出かける、って言ってたじゃないか」

「ええ……。水曜日は婦人会の集りがあって出かけるわ。三時から」

「じゃ、絶好の機会だ。二人で遠くへ行って新しい生活を始めようよ」

二人で……新しい生活を始める……。今日子は、まるで難しい英文を聞かされた時のように、何度もその言葉を胸の中でくり返した。

スーツケースを手に、今日子は部屋を出た。一番地味な、紺のセーターに黒のパンタロンという服装だ。まずこれなら二十二、三歳に見えるだろうと思っていた。

階段を下り切った時、

「いけない！」

と呟《つぶや》いた。肝心の物を忘れて来た。スーツケースをそこへ置いて、慌てて二階へ戻る。机の引出しから、書き置きの封筒を取り出した。ゆうべ一晩かけて書いたものだ。念のために、今日子は中の手紙を取り出してもう一度目を通した。

〈お父さん、お母さん。ごめんなさい。こんな風にさよならは言いたくなかったけど、他に仕方がないんです。みんながどう言おうと、久夫さんを私は愛しています。一緒になることもできず、会うことも禁じられたら、生きていても意味がありません。私たち、話し合った末、二人で死のうと決めました。二人きりで旅行をして、旅先で死ぬつもりです。誰も恨んだりしません。二人で死ねたら幸せですから。さようなら。

今日子〉

「死ぬ？」

今日子は驚いて久夫の顔を見つめたものだ。

「そう書くだけさ。本当に死のうってわけじゃないよ」

久夫は事もなげに言った。――今日子はさすがにしばらく迷った。

「だって……それじゃお母さんたちが本気で心配するじゃないの。ただ出て行くだけでいけないの？」

「カムフラージュさ！　分らないのかい？　家出したってすぐに見付かって連れ戻されちまう。よほど巧《うま》くやらなけりゃ。だから、心中するふりをするんだ」

「ふりをする？」

「死んだと思わせるのさ。そうすりゃ諦《あきら》めて捜そうとしない」

今日子は、それでもしばらく迷っていた。両親にとって、自分は一人娘だ。その娘が死んでしまったら、二人はどんなに悲しむだろうか。――それを考えると、容易には久夫に賛成することができなかった。

しかし、結局は、

「二人でちゃんと生活できるようになったら、両親に生きていることを知らせてやりゃいいじゃないか」

という久夫の言葉に肯いたのだった。ほんの半年か一年もすれば、二人で立派に暮して行けるようになる……。

今日子は手紙を封筒へ入れると、それを手に急いで階段を下りて来た。

「あら、今日子ちゃん、お母さんは？」

玄関が開いていて、隣の関山《せきやま》家の夫人が立っていた。今日子は一瞬立ちすくんだ。スーツケースが玄関の上がり口に置きっ放しだ。

「お母さんいらっしゃる？」

重ねて訊かれて、今日子は慌てて行った。

「出かけてますけど。あの——婦人会の会合で——」

「あら、そうだったわね。今日は水曜日か」

「ええ」

「じゃ、また来るわね」

関山夫人はそう言いながら、チラリとスーツケースへ目を向けて、「旅行なの？」

「え、ええ……ちょっと」

「そう。お母さん、そんなことおっしゃってなかったけど」

「旅行っていうほどじゃないんです」

「そうなの。——また、ずいぶん今日は地味な格好ねえ」

そんなことどうだっていいじゃないの！　今日子はそう叫びたい気持を必死に抑えつけなければならなかった。

——黙って立っていると、相手は、

「さて、と……。じゃ、またね」

と言いながら、名残り惜しそうに周囲を見回した。何か目新しいものはないか、という目付きである。

「気を付けて行ってらっしゃい」

「ありがとう」

やっとの思いで、今日子は言葉を押し出した。玄関のドアが閉まると、大きく息をついて、それから急いで居間へ入った。書き置きをテーブルの中央に置き、ちょっとの間、それを見つめて立っていたが、ゆっくりしてはいられないのだ、と自分に言い聞かせる。

次は一番気の進まない仕事だった。廊下の奥の和室へ入ると、戸棚から手提金庫を取り出し、番号を合わせて開けた。手が震える。金を盗むのだ。——盗む。まさか、自分がいつかこんな真似をするようになろうとは、夢にも思わなかった……。

現金が三十万円ほどあった。

「——ともかく、あるだけの金を全部持って来ればいいのさ」

久夫は当り前のような口調で言った。

「でも……それじゃ泥棒じゃないの」

「馬鹿だなあ。親の金だぜ。何も金に困ってる人間から盗もうってんじゃない。どうせ銀行にはどっさり貯金があるんだろう」

「それはそうだけど……」

「いいかい、金がなきゃ遠くへ逃げるわけにもいかないんだ。それに二人でアパートを借りようと思えば、すぐ四、五十万の金は必要なんだ。二人でアパートを借りる。二人きりの部屋……。──仕方ないじゃないか」

金を自分のバッグへ押し込むと、今日子は手提金庫を元の場所へ戻そうとして、今日子はためらいを捨てて肯《うなず》いた。

「──そうだ」

と思い出した。もし金庫にキャッシュカードがあったら持って来いよと言われていたのだ。

金庫をもう一度開けると、中を探った。──あった。今日子はそれを一緒にバッグへ入れた。

玄関に立って、もう忘れたことはなかったかしら、と考え直す。──大丈夫。

スーツケースを手に、今日子は家を出た。もう二度とこの家へ帰って来られないかもしれない。しかし、そんな感傷に浸っている暇はないのだ。

今日子は急いで歩いて行った。振り返ろうともしなかった。やがて三時半になろうとしている……。

2

「やあ」

木村久夫は立ち上がりながら言った。「来ないかと思った」

喫茶店へ入って行った今日子は、久夫の言葉を聞いていなかった。呆気《あっけ》にとられて、彼のスタイルを眺めていたのだ。

「おいおい、何て顔してるんだよ」

と久夫は笑って、「さあ、座って。まるで幽霊でも見たような顔してるぜ」

「だって……」

こんな時なのに、今日子は笑い出してしまうのを止めることができなかった。「どうしたの、その格好？」

「似合うだろ、なかなか？　ちゃんと床屋に行って髪も切って来たんだ」

いつも、Tシャツにジーパンというスタイルの久夫が、パリッとした背広の上下に身を包んでいるのだ。ネクタイもゆがんでいないし、短く切った髪も、きちんと油をつけてクシを当ててある。どう見ても二十五、六のビジネスマンだ。

「びっくりしたあ！」

今日子は首を振った。「結構さまになってるじゃないの。二十一にはとっても見えないわよ」

「ありがとう、中味がいいからね。――あ、何か頼めよ」

今日子は、ウエイトレスへ、

「ホット下さい」

と注文しておいて、息をついた。「これなら、私たち、若夫婦に見えるかしら？」

「ああ、バッチリだ」

そう言って久夫はポケットから小さな包みを取り出すと、「夫婦なら、こいつがなくちゃね」

「何なの？」

久夫が包みを開いて、それを差し出した時、今日子は胸が震えた。言われてみれば当り前の、けれど今日子は考えもしなかった——指環《ゆびわ》だった。

「はめてやるよ。手を貸しなよ」

と久夫が言った。今日子は彼の手に左手をあずけ、その薬指にリングをはめられた時、思わず目から涙が溢《あふ》れて、慌てて右手の甲で拭《ぬぐ》った。少しリングは緩かったけれど、彼女の左手で、それは光を放つように見えた。

「た、高かったでしょ?」

自分でも分らない内に、つまらないことを訊《き》いている。

「いや、安物なんだよ。その内、もっといいやつを買ってやるからね。しばらくそいつで我慢しててくれ」

「ええ」

今日子は、ハンサムな久夫の、優しい目にじっと見入った。——私はこの人について行くんだ。一生、離れない。

「お金、いくらか持って来たかい?」

と久夫が訊いた。

「ええ。三十万くらい。はっきり数えてないけど」

と今日子がバッグから金を出そうとすると、久夫は、

「君が持ってろよ。家計は奥さんの領分だろ」

と言ってニヤリとした。今日子は無性に照れくさくて、赤くなった。

「キャッシュカードもあったから持って来たわ」

「そうか。そいつは助かるな」

「各銀行共通のよ。──でも、どうするの？　お金がなくなったらおろすの？」

「そんなことしたらたちまち見付かっちまうさ。君がこれを持ち出したと分る前に使わなきゃ。貸してみろよ。──この近くに自動支払コーナーがある。五時まで開いてるからな。まだ大丈夫だ」

「いくらおろすの？」

「さあ……。ま、適当にやるよ。任しとけって」

「いいわ」

「暗証番号は？」

「8229。電話番号と同じよ」

「そういう奴が多いんだ。だから盗まれるとすぐ利用されちまうのさ」

と久夫は言って、「ま、人のことは言えないけどな。──じゃ、ここで待ってろよ。すぐ戻って来る」

「分ったわ」

今日子は、店を出て行く久夫の後ろ姿を見送ってから、コーヒーをゆっくりと飲んだ。初めて、心の安らぎを覚えた。──両親のことを考えると、心が痛まぬではなかったが、自分が幸せになることが、その罪滅ぼしなのだと自分に言い聞かせていた……。

三十分ほどして、久夫は戻って来た。

「遅かったのね」

「混んでてね、ちょうど。散々待たされたよ」

「いくらおろして来たの？」

「十万円さ」

「それぐらいでいいの？」

「あんまりおろしちゃ泥棒と同じことになると思ってね。ゼロから出発するんだ。二人の力でね」

今日子は微笑んだ。久夫は腕時計を見て、

「さ、列車の時間だ。行こうぜ」

「ええ」

「スーツケース、持つよ」

「あなたのは？」

「僕は何もないよ」

「何も？」

「ゼロから出発さ」

と言ってウインクして見せる。「さて、行きましょうか、奥さま」

「泣いたって始まらないよ」

真鍋は苛々《いらいら》した口調で言った。

「だって……私が……出かけずにいれば……」

としゃくり上げる志津子を遮って、

「その時は次の機会にのびるだけさ。その気になれば出て行くのは簡単だ。止めることはできなかったさ」

「でも……あの子は死ぬって……」

「そう書いているだけさ。死にやしない」

「あなたったら、そんな呑気《のんき》なことを！」

志津子は少しヒステリックに言った。

「落ち着くんだ！　どういう手を打てばいいかを考えなくては……」

「新聞に広告を出しましょう。何もかも許すからといって……」

真鍋は額に深くしわを寄せた。

「それも一つの方法には違いないが……解決にはならん」

「解決なんて！　それは今日子が帰って来てからのことじゃありませんか！」

真鍋は居間のソファに腰をおろした。そしてしばらく今日子の置き手紙を見ていたが、ふと思い付いたように訊いた。

「今日子はどれくらい金を持って行ったんだ？」

「さあ……。二、三十万だと思いますけど」

「他に何か金になるような物は？」

「よく分りませんけど……」

「キャッシュカードはどうだ？」

「──そう言えば、見当りませんでしたけど……」

「銀行へ問い合せてみよう」

「もう七時ですよ」

「あの支店長はよく知ってる。大丈夫、調べてくれるさ」

真鍋は銀行へ電話をかけると、支店長を呼び出した。

「──ああ、真鍋ですがね。──いや、ちょっと口座の残額を調べてほしいんでね。──今日、引出していると思うんだが」
四、五分の間、真鍋はじっと身じろぎもせずに待っていた。
「ああ、どうも。──うん。──そうか、ありがとう。──いや、いいんだ。何でもない」

「どうでしたの？」

と志津子が訊いた。

「やはり預金をおろしているよ」

「いくらぐらい？」

「三百万だそうだ」

「私たち新婚に見えるかしら？」

と今日子は言った。——ホテルのレストランの窓際に座った彼女の目には、暗い海の広がりが映っていた。

「君の服はちょっと地味だがね」

「できるだけ大人びて見えるようにと思ったのよ」

「充分大人に見えるよ」

久夫の口調には、今日子の顔を赤らめさせるものがあった。——今日子は久夫に、まだ唇以上を許したことがない。久夫も決して無理強いしなかった。その点では、今日子は、事情を知っている学友から、

「あなた、意外に古いのね」

とからかわれたほどだ。——今夜が私たちの初夜になる。慣れぬワインを口に含みながら、そのアルコールのせいかどうか、今日子は頬が燃え立つのを感じた……。

「目が覚めたかい？」

もう、久夫は背広姿になっていた。今日子は大きく伸びをして、

「何時なの？」

と訊《き》いた。ベッドの中は暖くて、まだ彼の匂いが残っているようだ。

「七時だよ」

「早いのね」

「出かけなくちゃ。仕度しろよ」

「こんなに早く？」

「計画の仕上げだよ。崖《がけ》から飛び込んだと見せかけるんだ。あまり遅くなると、他にも散歩する客が出て来るかもしれない」

「そうね。――ちょっとシャワーを浴びてもいい？」

「いいとも」

今日子はネグリジェの胸がはだけているのに気付いて、慌ててかき合せながら、バスルームへ入った。裸になって、熱いシャワーを浴びると、昨夜の熱い抱擁の記憶がよみがえって来る。

――彼を受け容《い》れた瞬間の切り裂かれるような痛みも、決して不快な苦痛ではなかった。山の頂上を目前にした苦しい一歩のように、予感に満ちた痛みだった。

私は彼の妻になった。その思いが今日子を圧倒していた。

部屋へ戻ると、久夫が財布をポケットへしまい込むところだった。

「どうすればいいの？」

今日子は服を着ながら訊いた。

「荷物はここへ置いて行くんだ」

「全部？」

「そうだ」

「気に入ってる服があるのに……」

「買えばいいさ。金は持った。ともかくそうしておかないと、狂言だとばれちまうよ」

「それはそうね」

「ハンドバッグは持って」

二人は部屋を出た。——ホテルは、海を見下ろす高台にあって、五階建の小ぎれいな白い建物である。フロントへ鍵《かぎ》を出すと、

「お出かけでございますか？」

と係の男が訊いた。

「ちょっとその辺を散歩して来るよ」

「行ってらっしゃいませ」

二人は正面玄関を出ると、車寄せのわきを抜けて、芝生を通り、生垣をかき分けるようにして、崖の上へと出た。〈危険！〉の立札があり、木の柵《さく》があったが、くぐり抜けるのは難しくなかった。

今日子は、こわごわ足下の切り立った崖の下を覗《のぞ》き込んだ。三十メートル以上はあろうと思える高さ。波が白く岩に指を這《は》わせている。

「だめだわ、私……」

今日子は身を引いた。「高所恐怖症なのよ」

「大丈夫かい？」

久夫が慌てて今日子の体を支える。

「大丈夫……。ちょっとめまいが……」

「気を付けて！　足を滑らせたら大変だ」

「ええ」

「ハンドバッグを貸して。——崖の上に置くんだ。そうすれば飛び込んだように見える」

久夫は今日子のバッグを崖の突端に落として、それからふっと思いついたように、「そうだ。君の靴も置いておこうか」

「靴を？——でも、私、どうやって歩くの？」

「大丈夫。僕がおぶっていくよ。駅まで行けば店がある。足をけがしたことにすればいい」

「私、重いわよ」

と今日子は笑った。

「今から敷かれるのもいいさ」

「まあ、言ったわね！」

今日子は恐る恐る崖の端のほうへ進んで、

「ね、ちょっと肩につかまらせて……」

と、久夫の肩に手をかけ、靴を脱いだ。

「みんな本当に私たちが死んだと思うかしら？」

「心配しなくたっていいんだよ」

久夫は言った。「ここは自殺が多いし、死体は潮に流されて見つからないことが多いんだ。誰だって僕らが心中したと思うさ」

「そうかしら」

今日子は、かなたの水平線に目を向けた。

「ここから私たち生れ変るのね」

「そうだよ」

久夫はそう言って、今日子の背中を力一杯突き飛ばした。今日子は声をあげずに、崖からかき消すように落ちて行った。

久夫は、今日子の靴を丁寧に並べて崖っぷちに置くと、チラリとホテルのほうへ目を向けた。ここはホテルからは、植込みの陰になってちょうど見えない。そのことは承知の上だったのだが、それでもつい、確かめずにはいられなかった。

久夫はポケットから、分厚くふくらんだ財布を取り出すと、中の札束の厚みを楽しむように指で弾《はじ》いて、微笑んだ。それから、駅への道へ出るために、ゆっくりと岩の間を歩き始めた。


「――真鍋です」

電話に出た志津子は、今日子の声が飛び出して来るのではないかと、息をつめた。

「そちらは、真鍋今日子さんのお宅でしょうか？」

男の声だった。

「はい。今日子は娘ですが」

「お母さんでいらっしゃいますね」

「そうです」

「S市警察です」

恐ろしい予感が、志津子の胸を走った。受話器を持つ手が震えた。振り向いて、
と叫んだ。

「あなた！　あなた！」

真鍋はヒゲを剃《そ》っていたのを途中でタオルで拭《ぬぐ》いながら飛んで来た。

「どうした？」

「警察からよ……私……とても聞けない！」

「貸しなさい」

真鍋は受話器を取った。「──失礼しました。──はい、そうです。──いつですか、それは？──場所は？──残っている物は？」

志津子は呻《うめ》き声を上げて、ソファへ突っ伏した。真鍋は、あくまで冷静に、メモを取っている。

「ホテルの電話は？──分りました。──いや、すぐにそちらへ参ります。お願いがあるので

すが。その娘たちの泊った部屋を、一切手をつけず、そのままにしておいていただきたいのです。——もちろん部屋代は払います。——よろしく」

真鍋は電話を切った。

「あなた……」

「待て」

真鍋はもう一度受話器を上げると、手早くダイヤルを回した。「——ああ、Mホテルですか？　支配人を。——もしもし、真鍋と申します。——そうです。娘が大変なご迷惑をおかけしたようで申し訳ありません。——実は、今日中にそちらへ参りますので、娘たちの泊った部屋を、総《すべ》てそのままにしておいていただきたいのです。——そうです。料金は倍払います。別に私と家内の泊る部屋を一つ。——では、よろしく」

真鍋は電話を終えて、やっと息をついた。

「あなた……。あの子は……死んだのね？」

「海辺のホテルだ」

と真鍋は言った。「崖の上に、あの子のハンドバッグと靴があった」

「ああ！」

志津子は両手で顔を覆った。「今日子！　今日子！」

真鍋は、しかし、いくらか青ざめているだけで、ほとんど無表情に近い、厳しさで顔を引き締めていた。

「仕度をしなさい」

　と真鍋は言った。

「え？」

「仕度だ。そのホテルへ行く」

「ええ……。でも……」

「いいか、今日子の死体が見付かったわけではない。あの子の死体を目の前に見るまでは、あの子が死んだなどとは考えるな！」

　激しく、突き刺すような言葉だった。志津子は、涙に濡《ぬ》れた顔を上げた。

「早く、仕度をするんだ」

　真鍋の声はいくらか優しくなっていた。

「私は列車の切符の手配をする」

「分りました」

　志津子は立ち上がって、奥の部屋へ入って行った。いくらかよろけていたものの、もう涙は出なかった。

　真鍋は会社へ電話をかけた。

「真鍋だ。金田《かねだ》君を頼む」

　少しして、若々しい声が聞こえた。

「部長、いかがですか、お体のほうは？」

具合が悪いと会社へは言ってあるのだ。

「金田、よく聞いてくれ。実は娘が家を出てしまった」

「それは——」

「いいから聞け。私はすぐに出かけなきゃならん。列車の切符を頼む」

真鍋は行先を告げた。

「かしこまりました。十四時ちょうどの特急があります」

話を聞いている内に時刻表を見ていたらしい。「今からお出になれば間に合います」

「うん、しかし切符が——」

「取ります」

と金田は言った。「ホームでお待ちしておりますので、ご心配なく。すぐにお出かけ下さい」

「頼んだぞ」

真鍋は大急ぎで、中断していたヒゲ剃りを済ませると、タクシーを呼んで、服を着替えた。

金田は真鍋の秘書である。頼りになる男だ。実際、急の出張などになると、一体どこでどうコネを持っているのか、手品のように座席を取って来る。

金田になら、くどくどした説明もいらないし、留守にするぞと念を押す必要もない。

真鍋と志津子は、十分後にはタクシーの中にいた。

車が混んで、東京駅のホームに着いたのは、発車の二分前だった。金田が走って来る。

「部長。五両目です」

「ありがとう」

いちいち、大変なことで、などと言わないのが、金田のいいところである。

二十七歳の、若々しいビジネスマンだ。真鍋はホームを足早に歩きながら、将来、今日子と金田とを一緒にさせたいと思ったことがあるのを、思い起していた。

「ここです。――切符はこれです」

「うむ」

「お帰りの分はお電話下さい。すぐに手配します」

「分った」

「金田さん、色々お世話になって――」

と志津子が頭を下げる。

「とんでもありません。ご心配で――」

発車のベルが鳴った。

「乗ろう」

と、真鍋は志津子を先に乗せて、自分も足をかけたが、ふと金田のほうを振り向いた。

「君も来てくれるか？」

いきなりの言葉にも、金田はさして驚いた様子も見せなかった。

「はい」

「じゃ乗ってくれ」

金田は真鍋に続いて乗り込んで来た。すぐにドアが閉まって、列車は動き出した。

3

列車が動き出して、五分としない内に、金田は座席を真鍋たちのすぐ近くに確保して落ち着いた。

全く、大した奴だ、とこんなときながら、真鍋は感心していた。

「どれくらいかかるの？」

と志津子が訊《き》いた。

「三時間だ。——お前、ろくに眠っていないんだろう。少し寝たらどうだ？」

「そんなことしていられませんよ」

「目をつぶっているだけでもいい。——金田と代ったらいい。あそこなら角で眠れる。私は金田と話がある」

それ以上は、志津子も逆らおうとしなかった。金田が代って真鍋と並んだ。

「無茶を言ってすまん」

「とんでもありません」

「仕事は大丈夫か？」

「向うから電話を入れます。部長こそ、少しお休みになったら……」

「俺は大丈夫だ」

と真鍋は言った。

真鍋圭介《けいすけ》は、若い社員に比べても、そのエネルギッシュな活動は際立っていた。最年少の部長であり、人の使い方は厳しかったが、けじめを心得ていた。

私的な用で同行するのは、秘書の金田といえども、これが初めてのことである。

金田準也《じゅんや》は、一見独特の、哲学者めいた風貌《ふうぼう》をしている。およそ部長秘書とは見えないのだ。

「今回の件について話しておく」

と、真鍋は言った。まるで仕事のことを話すような、冷静な口調だった。

細かい点まで、総て話し終えると、真鍋は、

「君はどう思う？」

と訊いた。

「そうですね……」

「遠慮なく言ってくれ。気休めはいらん」

「はい。――二人は心中したのではないと思います」

金田は言った。「三百万もおろしたのなら、たとえ死ぬとしても、もっと遊び歩いて、金がなくなってからにするでしょう」

「私もそう思う」

「可能性は二つあります。心中したと見せかけて、二人で金を持って、大きな町――たぶん大都会へ逃げたのか。それとも……」

金田は言葉を切った。

「いいんだ、分っているよ」

と真鍋は肯《うなず》いた。「妻にはそんなことは言っていないが――」

チラリと、金田の席へ移っている志津子のほうへ目をやった。志津子は疲労のせいか、眠っているようだった。

「その木村久夫という男が、一人で金を持って逃げたとも考えられます」

金田は低い声で言った。

「そうだ。その場合、娘は間違いなく死んでいるだろう」

真鍋はじっと窓の外を見ていた。「――崖《がけ》の上には、娘のハンドバッグと靴しかなかった」

「最悪の場合はそうでしょうが、必ずしもそうと決ったわけでもありませんよ」

「そうだな」

真鍋は、わずかに微笑を見せた。「君には無茶を言って済まなかった」

「いいえ。――奥様のほうが参っておられるようですが、大丈夫ですか？」

「ああして寝かせておこう。あせっても列車が早く着くわけではない。仕事のほうはどうなっている？」

「昨日の夜、定例の会議がありました」

金田が、記憶だけで、電話の一本に至るまでを説明した。

「よし、分った。緊急を要するのは折衝の件だけだな。今日ホテルから電話しよう。向うの電話番号は分るか?」

「はい、記憶しています」

「君は大した男だ」

と真鍋は軽く笑った。それから、目を伏せて、

「――できることなら君にうちの娘をもらってほしかったよ」

と言った。

「子どもは大体親の思い通りにはならないものです」

「君が教訓めいたことを言うのを初めて聞いたぞ」

「私の父は牧師でして」

真鍋は、金田の家族のことを、初めて耳にして、びっくりした。何となく、家族があるなどということを考えさせない男なのである。

「まだ二時間はかかるな」

と真鍋が言う。金田は腕時計を見た。

「一時間四十八分です」

「ここです」

と、地元の警察署からやって来た刑事は崖《がけ》の突端に立って振り向いた。

曇って、灰色の海から湿り気を帯びた風が強く吹いていた。

「そこに娘の靴とバッグが？」

と真鍋は訊いた。

「そうです。ここに揃えてありました」

「今日子……」

志津子が涙声になって、「あの子は高い所が嫌いだったのに……」

「だった、などと言うんじゃない」

真鍋が叱りつけるように言った。「死んだと決っているわけではないんだ」

「ええ……」

「ここから飛び込むと、見付からんことが多いのですよ」

と刑事は説明した。「潮の加減ですかな」

「なるほど」

真鍋は突端まで行って、波が白く岩をかむ足下を見下ろした。——今日子は、この高さを真っ逆さまに落ちて行ったのだろうか……。

「——誰か見た人はいないんですか？」

と、金田の声で、真鍋は我に返った。崖っぷちに近寄りすぎていた。一瞬、背筋を冷たいものが走って、真鍋は数歩、後ずさった。

「ここはちょうど陰になってましてね」

と刑事は手で示しながら、「何とかしなきゃいかんと言っているんですが。——今年だけで、もう五件ですよ、自殺者が」

「ここからはホテルのほうへしか戻れないんですか？」

「あ――いや、その道を行くと、駅へ行く通りまで通じていますがね」

金田はその道のほうをチラリと見た。

ホテルの、今日子たちの泊っていた部屋へ戻ると、金田は、真鍋へ言った。

「どうも警察のほうは当てになりませんね」

「心中なんかに関わり合っちゃおられん、ということか」

真鍋は部屋の中を見回した。

「もし、駅のほうへ出たのなら、誰かが見かけているかもしれません」

「うむ。――あの道を行ってみるか」

「あなた……」

志津子が、スーツケースの中を広げる手を休めて、やって来た。「本当にあの子が生きてると……」

「あれはそんなに弱い人間ではない」と真鍋は言った。「飛び出して自分で暮そうとしても不思議はないが、そう簡単に死にはせん」

「でも……」

「奥さん、どうかお任せ下さい」

と金田は言った。「あれだけのお金を使いもせずに死ぬはずはありません。現金は一円も残っていないのでしょう？　死ぬのにお金は必要ありません」

「分りました」

と、志津子は肯いた。金田の言葉には説得力があった。

「希望を捨てずにおりますわ」

「私たちはあの道から駅まで歩いてみる。ここにいるか、それでなければ隣で休んでいなさい」

「ええ」

真鍋と金田はホテルの一階へ降りて来た。

「ちょっと待って下さい」

と、金田はフロントへ行った。フロントの男と二、三分話をしていたが、やがてカードを手に戻って来た。

「宿泊者のカードです。——お嬢さんの字ですか？」

真鍋はカードを見た。

「そうだ。全部娘の字だ」

「怪しいですね。筆跡を残したくなかったのかもしれません」

「そうだとすると、かなりの常習犯かもしれんな」

「指紋を警視庁で調べてもらいましょう」

「奴の指紋が残っているのか？」

「部屋のバスルームのくず入れに、使い捨ての安全カミソリがありました。ホテルは毎日捨てているはずですから、あれは木村が使ったものでしょう。拾ってビニール袋に入れておきました」

真鍋は驚いて金田を見つめた。

「とてもそこまでは考えなかったよ」

「木村というのも、おそらく偽名でしょう。逮捕歴がなければ、本名は分らないかもしれませんが、後で見付けたときに証拠になります」

「そうだな」

「行きましょう」

二人はホテルの玄関を出ようとしたが、金田はふと足を止めて、

「部長、恐縮ですが、三万円ほどいただけますか」

と言った。

「ああ。──三万円だな」

金田はその札を手に、フロントへ戻って行って、何やらフロントの男に話をしていたが、すぐに戻って来た。

「参りましょう」

広い通りへ出てしまうと、もう人通りが多くて、望みはなかった。

「フロントの話では、木村は背広にネクタイというスタイルだったそうです」

「どこにでもいるな、そんな男は。それに俺はあいつの顔も知らん」

「かなり悪質な奴のようですね」

「仕方ない。戻るか」

「諦《あきら》めるのは早いですよ」

と、金田は言った。「駅まで行ってみましょう」

真鍋は、金田について歩くという格好になっていた。それほど金田の行動は自信に満ちているように思えたのだ。

「――二人がホテルを出たのは七時半頃です」

と金田は言った。「崖っぷちへ行き、工作して、駅へ出る。八時頃には着いたでしょう」

「うむ」

「どこへ出るにせよ、列車は八時五十分にならないとありません。それまで駅で待っていたとは思えませんから、どこかで時間を潰《つぶ》していたに違いない。――駅前といっても、そうそう喫茶店などはありません。一つずつ当ってみましょう」

「分った」

真鍋は、金田の言葉に、不思議な興奮を覚えた。生来の闘争心が頭をもたげて来たのだ。

駅前で、目につく喫茶店は三軒しかなかった。その内二軒は朝十時からなので、モーニングサービスを七時半からやっている店は一軒だけしかなかった。

二人は店へ入って、コーヒーを頼んだ。

「お待たせしました」

真っ黒なコーヒーを、ウエイトレスが運んで来た。——ちょっと可愛い女の子である。

「勤めは何時まで？」

と金田が訊《き》くと、女の子はクスッと笑って、

「朝からだから本当はとっくに終ってるのよ。人が足りなくってね」

と言った。

「朝七時半から？　そりゃ大変だね」

「足がむくんじゃってね。靴がきつくなっちゃうのよ」

「今朝八時頃に来たお客で、やっぱり君に声をかけたのがいなかった？」

「え？——ああ、若い人ね、サラリーマン風の」

「そうそう。友達なんだ」

「あら、そうなの。なかなかいい男じゃない？　仕事で東京へ帰らなきゃいけないけど、一日休んでどこかへ誘おうか、なんて言ってたわ」

「あいつはいつもそうなんだ。君みたいなタイプが好みなんでね、きっと声をかけただろうと思ってね」

「まあ、そうなの」

と女の子は笑った。

「一人だった？　女性と一緒じゃなかったかい？」

「一人よ。女の子と一緒だったら、いくら何でも声かけたりしないでしょ」

「そうだな。——他に何か言ってなかった？」

「別に」

「そうか。ありがとう」

金田は考え込んだ。

「やはり今日子は一人だけ飛び降りたんだな」

と真鍋は呟《つぶや》いて、「あるいは突き落とされたか……」

「おそらく。——でも、他の可能性もないわけではありません」

「慰めてくれるのは嬉《うれ》しいがね」

真鍋は金田をじっと見て、「どうだろう、会社の仕事は放り出していい。君に、その男を捜してもらえまいか」

と言った。

「私が、ですか」

「娘の生死を確かめて、奴を私の前へ連れて来てほしい。金はいくらかかってもいい」

金田は答えなかった。

「真鍋様！」

ホテルへ戻ると、フロントの男が飛んで来た。「奥様が――」

「どうした？」

真鍋の顔色が変った。

「散歩に出るとおっしゃって。そちらの若い方に言われていましたので、後をついて行きますと、あの崖《がけ》から飛び降りようとなさって……。あわてて抱き止めましたが」

「それで妻は？」

「今、お医者様が鎮静剤を射《う》って――」

――志津子は、ベッドに横たわって、眠っていた。

「四、五時間すれば目が覚めます」

と医者は言って、帰って行った。

「ありがとう、金田」

「念のため、と思って金を握らせておいただけです」

「夫の私が気付かなかった……」

真鍋はベッドの傍に、力なく膝《ひざ》をついた。

「――部長」

金田が静かに言った。「先ほどのお話ですが、やらせていただきます」

部屋は静かだった。志津子の寝息が、通奏低音のように、沈黙の底を流れていた。

第二章　やさしい殺人者

1

甲高い笑い声が、夜の浜辺に響いた。

打ち寄せる波の音が、暗い静寂をかき乱している。

「いやだってば、もう……」

女の声が、酔っているらしく語尾も曖昧《あいまい》にふらついた。

「いいじゃないか！」

男の声がする。「どうせ俺たち三人しかいないんだぜ」

「そうよ」

もう一人の女の声だ。「誰も見ちゃいないわ」

「だって……」

「みんなで泳ごうよ、ね？　せっかく海まで来たんじゃないの」

「そうだよ。このまま帰る手はねえさ」

「でも、海、冷たいわよ……」

「さっぱりするぜ、きっと。このままじゃ目が覚めなくて居眠り運転しかねないものな」

「じゃ、いいわよ。布子《きぬこ》は服着たまま泳いだら？」

「そんなの……びしょ濡《ぬ》れになっちゃう」

「だったら脱いだらいいのよ」

「でも……」

さっきからためらっている布子という娘は、暗い海を見すかした。

「じゃ、こうしようぜ」

と、男のほうが言った。「俺たち車のこっち側で脱ぐ。布子は反対側で脱げよ。どうせ真っ暗で何も見えねえけどよ」

「じゃ、そうする？」

「うん……」

「それじゃ、ほら、そこの砂の盛り上がった所あるじゃないの。その向うで脱ぎなさいよ」

「分ったわ……」

布子の声は、まだ心細い感じである。「じゃ、私が先に海へ入るから、そしたら、後から来て」

「オーケー。決めた、っと」

二人が、砂浜へ停めた白いスポーツカーの向うへ姿を消すと、布子は、渋々歩き出した。

「もう……美沙《みさ》ったら……言い出したら聞かないんだから……」

とブツブツ言いながら、靴に砂が入って、足を止め、靴を脱いで両手に片方ずつぶら下げた。

砂が高く盛り上がった場所を乗り越えようとして、足が砂に埋《うず》まって転んでしまった。

「いやっ！」

と言う内に砂山を転がり落ちる。「もう……いやだわ」

立ち上がったものの、えり首や胸元から砂が入って、ザラザラと痛い。これじゃどうせ脱がなくちゃならない。

「布子！」

向うから美沙の声がした。「もういいかい？」

かくれんぼのつもりらしい。抑揚をつけて呼んで、自分で喜んでいる。

「待って！」

と叫んで、「仕方ないわ」

と肩をすくめて、手早く服を脱いだ。砂がどんどん下着の中へも流れ込んで来るのが分って、顔をしかめた。

「布子、早くしてよ！」

と美沙が叫んだ。「こっちはもう脱いじゃったわよう！」

「待ってよ！　今、海に入るから！」

布子は全裸になると、海の風にちょっと身震いして、波のほうへと小走りに急いだ。波の舌

先が足に触れて、

「キャッ!」

と後ずさる。——こんなに冷たい海へ、アルコールで熱くなったまま入ったら死んじゃうかも。

布子はその場に突っ立っていた。

突然、ライトが布子の裸身を照らし出した。

「キャッ!」

布子はまた悲鳴を上げた。スポーツカーがライトを布子へ向けて停っている。

「何するのよ!」

車の中の、美沙と若者が大笑いした。車が真直ぐに走って来る。

「やめて!」

布子は、車に背を向けて波打ち際を走り出した。

「追いかけろ!」

と美沙が叫んだ。

「走れ! 走れ! それ、もっと走れ!」

布子の姿をライトに捉《とら》えたまま、スポーツカーは波をはじきながら追いかけた。

「いや……やめて……」

喘《あえ》ぎながら、布子は必死で走っていた。まんまと二人の悪ふざけに引っかかってしまったのだ。

車は追いつきもせず、離れもせずにピタリとくっついて来る。ライトに裸をさらしているのだと思うと、布子は情なくて泣きたくなった。

海へ入るか、それとも砂浜のほうへ走るかだ。

「——海へ入るなよ！」

と若者のほうが叫んだ。「心臓マヒでイチコロだぜ！」

砂浜のほうへ逃げても、車は平気で追って来るだろう。布子は胸が苦しくなって、足が乱れた。

もうだめ……倒れる！

そう思ったとたん、布子は何かにつまずいて、濡れた砂へもろに突っ伏した。

「危ない！」

美沙が叫ぶと隣からハンドルをつかんで思い切り回した。

「おい、何する！」

抗議の声の終らない内に、スポーツカーは波へと突っ込んで停った。

「——ひどいぜ、おい！」

「いいじゃないの」

美沙はスポーツカーから飛び出した。腰の深さまで波が来る。車の中は水びたしだった。

「チェッ！　新品のポルシェだぞ！」

「いいじゃないよ、殺人罪で刑務所行くよりは。——沼田《ぬまた》君、出といでよ」

沼田文明《ふみあき》は舌打ちしてから、波をかき分けるようにして、出て来た。

「ヒエーッ！　冷てえ！」

美沙は、パンタロン姿のまま、平気で波打ち際のほうへと歩いて行く。途中で振り返って、

「沼田君！　懐中電灯！」

と命令しておいて、やっと起き上がった布子のほうへと走って行った。

「大丈夫、布子？」

濡れた砂にまみれた布子は、泣きべそをかきながら、

「ひどいわ……ひどいわ……」

と、濡れた砂を握って美沙へ投げつけた。

「ごめんごめん。ね、怒らないで。ちょっとふざけただけなんだからさ」

「私のこと……笑いものにして……」

「そうじゃないわよ。布子は人がいいから、ついからかいたくなって来るのよ。——ね、もう泣かないで」

「どうすりゃいいの、こんなざまで」

「勘弁して。私の服、どれでも好きなの持ってっていいからさ」

布子が目をパチクリさせて、

「どれでも？」

「どれでも！」

「じゃ、昨日のディオール」

「いいわよ。だから、機嫌直して、ね」

「うん……」

布子は、ゆっくり立ち上がって、砂をせっせと払った。

「おーい」

沼田が懐中電灯をつけた。

「こっちへ向けないで！」

と布子が金切り声を上げる。

「大丈夫よ。——ほら、沼田君、貸して」

「どうするんだ、車なしで」

「電話探してよ」

「どこで？」

「通りへ出りゃあるでしょ。そんなことといちいち訊《き》かないでよ。男でしょ！」

「分ったよ」

沼田はふてくされて肩をすくめた。

「そこ、気を付けて、丸太か何か倒れてるから」

と、歩き出した沼田へ、布子が声をかけた。「布子がつまずいたやつ？」

美沙が、懐中電灯の光をずっと動かして行った。――短い声が上がった。

「――人よ！」

「誰か倒れてるんだ」

沼田はポカンとしていた。

「そんなこと見りゃ分るわよ」

美沙は言って、そのほうへと歩いて行った。

「おい、よせよ、死人だぜ」

「生きてる人間のほうが怖いわよ」

美沙は、波打ち際にうつ伏せに倒れている女のそばへと歩み寄った。

「沼田君！　何してんのよ。ここへ来て、これ持っててよ」

沼田がやって来て懐中電灯を持つと、美沙は、その女の体を仰向《あおむ》けにした。

「若い女だな」

と沼田が覗《のぞ》き込む。「溺死《できし》だろう」

美沙が、女の着ているセーターをたくし上げ、ブラウスのボタンを外した。胸を出すと、耳を押し当てる。

沼田は、その娘の乳房に見とれていた。

「生きてるわ」

と美沙が言った。

「本当？」

布子が駆け寄って来る。

「弱いけど、心臓はまだ搏《う》ってる。——沼田君、早く！　電話よ！」

「どこへかけるんだ？　一一〇番？」

「うちへかけて。車ですぐ来い、って」

「分った」

沼田が、暗い砂浜を走って行くと、美沙は、

「布子、手伝って。砂地のほうへ引っ張って行くのよ」

「分ったわ」

裸なのも忘れて、布子は、その娘の足を持った。

乾いた砂の所へ娘をおろすと、美沙は息をついた。

「どうするの？」

と布子が不安げに訊いた。

「ともかく家へ運びましょう。パパがみてくれるわ」

大宮司《だいぐうじ》美沙の父は総合病院の院長である。

「でも、まだ患者さん、診てるの？」

「金勘定なら日本一だけどね。素人よりはましでしょ」

美沙は気楽に言って、「車が来るまでもつかな」

と首を振った。それから、ふと気が付いて、

「ねえ布子、服着たら?」

「あ、いやだ!」

布子はあわてて脱ぎ捨てた服のほうへと走って行った。

2

海を見渡すバルコニーへ、大宮司美沙は出て行った。

そろそろ夜が明ける。空が白く濁りつつあった。森が、このベランダの下から、ずっとなだらかに海へと下って、海岸線を覆い隠していた。

海はまだ灰色だった。——もう二時間もすれば、青いエメラルドを溶解して輝くのだろうが。

シャワーを浴びた後で、美沙は、バスローブをまとっただけだった。手には冷たいジュースのコップを持っている。

大宮司美沙は二十一歳である。大学生だが一体いつ大学へ行っているのか、誰も知らなかった。それでも、私立大としては、美沙の父、大宮司泰治《やすはる》の経済力を尊重して、すでに卒業を保証していた。

線のきつい、目鼻立ちの際立ってはっきりとした美人である。美貌《びぼう》は、美沙が十歳のときに死んだ母譲りだった。

気性の激しさ、自己を押し通す強さも、母の血統かもしれない。

「――おい、風邪をひくぞ」

と、部屋の中から声がした。

「気持いいのよ」

美沙は振り向きもせずに言った。

父親の大宮司泰治がバルコニーへ出て来た。百キロ近い巨体で、美沙とはとても親子と思えぬ体型だった。顔は童顔で、威厳を保つべく、口ひげをたくわえている。

「厄介な拾い物をして来たな」

と、大宮司は言ったが、顔は笑っていた。

「助かりそう?」

「大丈夫だろう」

と大宮司は肯《うなず》いた。「こめかみに何かに打ちつけた傷がある。たぶん――海岸の岩にでもぶつけたんだろう」

「他に傷は?」

「手や足のすり傷も岩でこすれて出来たんだろうな。それ以外は別に傷もない。あまり水を飲んでいなかったのが幸運だったよ」

「入院させる?」

「いや、ここへ置いても大丈夫だろう。このまま眠らせて、意識が戻ればいいんだからな」

大宮司は美沙を見て、「どこで拾ったんだ?」

と訊いた。

「海岸よ」

「どの辺だね」

「どうだっていいじゃないの」

「そうは行かん。警察へ届けねばならんからな」

「警察？」

美沙は父親のほうへ向いた。「――どうしてなの？」

「そりゃ、お前……行方不明者の届が出ているかもしれんし、家族が捜し回っとるかもしれんじゃないか」

「いやよ」

「どうしてだ？」

「私が拾ったのよ。私の物だわ」

「人間は物じゃないぞ」

「そんなことといいのよ」

美沙はクルリと向き直って、部屋へ入って行った。

「――ともかく、今届を出したって、本人、生死の境目でしょ。意識がないんじゃ仕方ないじゃないの」

「どうしたいんだね？」

と大宮司はため息をついた。

「意識を取り戻すまで、そっとしておいてあげたいのよ。それに当人だって、警察へ知られたくないかもしれないわ」

大宮司は諦《あきら》めて苦笑した。

「まあいいだろう。お前の好きにするさ」

「ええ、そうするわ」

いつも娘には負けてしまう大宮司だが、ここでも例外ではなかったわけである。

「じゃ、私は寝るぞ」

と大宮司は大欠伸《あくび》をした。「夜中の診察など、一体何十年ぶりかな」

「おやすみなさい」

美沙は父を追い出すようにして、ドアを閉めると、ふっと微笑んだ。

何か、面白いいたずらを思い付いた子供のような笑顔だった。

パジャマに着替えると、美沙はベッドへ入った。——何しろ朝に寝て、夕方頃起き出して来るのが標準の日課なのである。

ドアが低くノックされた。

「——誰？」

「僕だよ」

沼田である。

美沙は面倒くさそうに息をつくと、ベッドから出て来た。

「何なのよ？」

「冷たいなあ」

沼田は入って来ると、ドアを閉めて、「今夜来てもいい、って言ったじゃないか」

とニヤリとする。

「ああ、そうだったわね」

美沙はちょっと笑って、飾り棚のほうへ歩いて行くと、本を持って戻って来た。

「はい、これ」

「――何だい？」

「眠れないときに読むと眠くなるわ。それじゃおやすみなさい」

ベッドへ戻りかけた美沙を、沼田は後ろから抱きしめた。

「ねえ……。一度ＯＫしといて、そりゃないぜ」

「やめてよ、眠いんだから……」

「いつだって眠れるさ。いいじゃないか」

美沙は力をこめて、沼田の腕を振り切った。

「やめてと言ったら、すぐにやめるのよ」

真剣な口調になっていた。沼田が思わず一歩退《さ》がる。

「今すぐ出て行かなかったら、バルコニーから叩《たた》き出すわよ！」

「分ったよ」

沼田はあわててドアへと歩いて行った。美沙は実際、そんなことをやりかねないのである。

「じゃ……また今度のときは……」

「おやすみ」

美沙は沼田を廊下へ押し出すと、思い切り力を入れてドアを閉めた。

叩きつけられるドアの音に、娘の目が開いた。二、三度、瞬いて、それから、目はゆっくりと探るように動き始めた……。


美沙は眠りに落ちていた。

カーテンを閉めておかなかったので、朝の光が、部屋へ忍び込んで来る。──美沙はうるさそうに呻《うめ》いて、寝返りを打った。

ドアの把手《とって》が、カチリと音を立てて回った。美沙の瞼《まぶた》が震えた。

ドアが少しずつ、開いた。キーッと、細い音が耳を刺すと、美沙は目を開けた。ドアのほうへ背を向けて、じっと耳を澄ます。

沼田君ったら！　まだこりないのね。

少し思い知らせてやらなくちゃ。──美沙は、床をする足音が、ベッドへ近寄って来るのを待った。

ベッドのそばへ来た。かがみ込んでいる。手をそっとさしのべて来る……。

「こらっ！」

美沙ははね起きると同時に枕をつかんで、相手の顔へ叩きつけた。

「キャーッ！」

布子がひっくり返った。

「布子！　ごめんね！」

美沙はあわててベッドから飛び出した。

「もう……美沙ったら……私に何の恨みがあるのよ！」

ネグリジェ姿の布子が、また泣き出しそうな顔で枕を叩いた。

「だって、そっと忍び足で入って来るんだもの」

美沙はつい笑ってしまった。

「笑いごとじゃないでしょ！」

「ごめん、ごめん。てっきり沼田君かと思ったのよ」

「沼田さん？」

布子が、ちょっと表情をこわばらせて、「ここへ来たの？」

「さっき来たから追い帰してやったの」

「いつ？」

「そうねえ……二時間くらい前かな」

と美沙は明るくなった表を見て、「で、そっとドアが開いたからさ、今度は眠ってるところを襲おうとしてるんだな、と思ったのよ。布子も声ぐらいかけりゃいいのに」

「そう……。沼田さんここへ来たのか」

「どうして？」

布子はすっかりしょげた様子で、

「さっきまで私のベッドにいたの」

と言った。

「布子の？」

「そうよ。——私の裸を見て胸が震えたとか言っちゃって。美沙にふられて、こっちへ来ただけなのか……」

「元気出しなさいよ」

美沙は布子の肩をポンと叩いた。「いい思いしたのならいいじゃない、それで」

「大したことなかったわ」

布子はふてくされ気味である。

「それを言いに来たの？」

「あ、そうだ！」

と布子はあわてて立ち上がった。「あの女の子が——」

「女の子？　私たちの助けた？」

「そう。今、沼田さんを送り出して、ドア閉めようとしたら、廊下の奥を、歩いて行くのよ」

「早くそれを言いなさいよ！」

美沙は廊下へ出た。「いないわ」

「一階へ降りたのかしら？」

寝室は二階に並んでいる。美沙たちは、廊下の奥から階段を降りかけたが、

「待って」

と、美沙が足を止める。

「どうしたの？」

「風が吹いて来る」

「え？」

「上からよ。――三階へ上がったんだわ、きっと」

美沙は身を翻して、三階へ上がる狭い階段を駆け上がった。

上はサンルームで、ガラス張りの、何もない部屋になっている。バルコニーへ出るドアが開いていた。

「あそこに……」

と布子が言った。

美沙のパジャマを着たその娘は、バルコニーに立って、じっと海のほうを見つめていた。布子が声を低くして、

「どうしたのかしら？」

　と言った。

「知らないわよ」

　美沙は、普通の足取りでバルコニーへ出て行った。

「──気がついたのね、よかったわ！」

　娘は、ゆっくりと、まるでスローモーションの映像のように、美沙のほうを振り向いた。

　こめかみにガーゼが痛々しいが、色白の、なかなか可愛い顔立ちだ。だが、その顔にはただ戸惑いの表情だけがあった。

「あの……」

　少しかすれた声は、海水を飲んだせいだろう。

「私、大宮司美沙、っていうの。ここは私の家」

「どうして……ここに……」

「あなた、海へ落ちたんでしょう？　海岸へ打ち上げられてたから、ここへ運んで来たの。──もう大丈夫よ。パパは医者なの、ヤブだけどね。あなた、名前は？」

　娘は口を開きかけて、急に何かに怯《おび》えるように顔をそむけた。

「どうしたの？　言いたくなきゃ訊《き》かないわよ。私はどっちだっていいの」

　娘は上目づかいに美沙を見ながら、

「私……分りません」

まった……。

美沙と布子は顔を見合わせた。娘は頭をかかえ込むようにして、その場にしゃがみ込んでし

「自分の名前……。思い出せないんです」

「何が分らないの？」

と言った。

3

彼は、うっすらと目を開けた。

体中がけだるい。──ついでに瞼まで、疲れ切っているようだ。

水の音がする。──いや、シャワーだ。

ベッドを手探りしてみると、空だった。

彼は目を大きく見開いた。──高級マンションの一室。豪華な調度、広々とした造り。

ここに女一人はもったいないな、と彼は思った。

それにしても昨夜は……。

中年女のしつこさにはいつも閉口だが、今度は特別だ。何時間も離そうとしない。もう一度、もう一度、と攻め立てられて、殺されるかと怖くなったほどだ。

楽じゃないよ、全く。──あの女がクラブで身につけていた宝石。あの輝きが目に焼きついていたからこそ、何とか辛抱したのだ。でなきゃ、一体誰が！

シャワーの音が止んだ。彼は目を閉じたふりをして、細く開けておいた。

女が裸のままで出て来る。すっかりたるんだ肉がだぶついている。――よくあの相手をつとめたもんだ、と彼は自分を賞《ほ》めてやりたくなった。

女が服を着ている。彼は、細く開けた目を女から離さなかった。

女は外出の仕度を始めた。化粧をして――彼は心の中で、いくらやってもむだなのになと呟《つぶや》いた――髪を乾かし、きちんとスーツを着込んだ。そして、三面鏡の前へ座ると、鏡へ手をかけて、チラリと彼のほうへ目を走らせた。

何をする気だ？――じっと見ていると、女は鏡の一枚を、まるで扉のように持ち上げた。隠し戸棚だ！

中から宝石箱を出して、指輪とネックレスを選んでいる。あれこれ迷った挙句、やっと決めたようで、箱を元へ戻して、鏡を降ろした。

ありがとうよ。ちゃんと憶《おぼ》えたぜ。

女はベッドへ近寄って来て、彼にキスした。

彼は、今目がさめた、というように目を開いた。

「よく眠ってたわね」

「うん……。疲れたからな」

「私もよ。でも、とってもよかった」

「僕もさ」

彼は女の手を握った。「どこかへ出かけるの？」

「約束があるのよ」

「じゃ、今、帰るよ」

と、彼は起き上がった。

「あら、どうして？」

「留守にするんだろう？」

「夕方には帰るわ。待ってて」

「そりゃいいけど……」

彼はためらって見せた。「あんたの好意に甘えちゃいられないよ」

「いてほしいのよ」

女は彼の唇へ指を当てた。「ね、今夜も泊って行って」

「──分ったよ」

彼は肯《うなず》いて、「でも、一人になるのはいやだな。もし何か失くなりでもしたら、盗んだと思われる」

「金目の物はないわよ」

女はそっと、「現金は置かないの。カードさえありゃ用が足りるしね」

「それじゃ安心だ」

「好きなお酒は？　買って帰るわ」

「そうだな。じゃ、シーバスを」

「分ったわ」

女はドアのほうへ歩いて行って振り返り、

「好きにしていてね」

と言うと、寝室を出て行った。

彼は玄関のドアが閉まる音が聞こえると、すぐにベッドを出て、下着だけ身につけ居間へ出て行った。ベランダへ出て、下を見る。——少しして、女が出て来る。タクシーを停め、乗り込んだ。

タクシーが見えなくなると、彼はすぐに寝室へ取って返した。

「長居は無用だ！」

裸になって手早くシャワーを浴びると、バスタオルで体を拭《ぬぐ》って、急いで服を着た。

「さて、いただくぜ」

さっき盗み見た通り、鏡を外して、中から宝石箱を取り出す。蓋《ふた》を開くと、首飾り、ブレスレット、イヤリング、指環《ゆびわ》などが、ひしめき合っている。

大げさな言い方だが、事実、彼の目にはそう映った。上着のポケットへ、次々にしまい込む。柄にもなく手が震えた。

「ＯＫ」

彼は息をついて立ち上がった。「じゃ退散するか」

寝室を出て、彼は凍りついたように、動けなくなってしまった。——居間のソファに、女が座っていたのだ。

彼は笑いかけようとした。しかし、女の目は総《すべ》てを知っていることを物語っていた。

「——見損なったわね」

女は、冷ややかに言った。彼は黙って立っていた。

「いい子ぶり過ぎたわよ」

女は続けて、「さあ、宝石を出しなさい」

と言った。

彼は動かなかった。

「早く！」

女が苛々《いらいら》した声で、「ガードマンを呼ぶわよ！」

彼はポケットへそろそろと手を入れ、宝石をつかみ出した。

「そのテーブルへ置くのよ」

と女は言った。「全部！　一つ残らずよ」

彼は青ざめた顔を引きつらせて、言われるままに宝石をテーブルへなげ出した。

「ケチくさい男だね、あんたも」

女はフンと鼻で笑った。「もう一晩頑張りゃ、指環の一つぐらいやったのに。——とっとと出てお行き」

彼は身を震わせて立っていた。

「どうしたの？――不服かい？」

女はハンドバッグを開けると、財布を出し、中から一万円札を二枚出して、「さ、これで、いいだろ」

と、床へ投げ出した。

「それを持って行くんだね。体を売りゃ、それぐらいが相場だよ」

女は、彼より一枚上手だった。しかし、彼が普通のジゴロとは違っていることには気付かなかった。

彼は、ゆっくりと歩いて行った。――危険な男なのだ。そして、うぬぼれの強い男である。その自尊心を傷つけることが、いかに危険か、女は不幸にも、知らなかったのだ。

「それを拾って大人しく帰るのね」

と女は顎《あご》でドアのほうをしゃくった。

彼は急に別人のようになった。屈辱に怒り、震えていたのに、不意に何かが落ちたように、平然とした様子に戻った。

「何してるのよ」

女は少し苛々して来ていた。「早く行かないとガードマンを呼ぶわよ！」

「呼んでみな」

と彼が言った。

「何ですって！」

女は耳を疑う様子で訊《き》き返した。

「呼べるもんなら呼んでみな、と言ったんだよ」

「脅す気かい？　やめときなさい、坊や」

彼の目が光った。殺意が光った。

女は一万円札を見て、

「いらないの？」

「もらっとくよ」

彼は言った。「どうせあんたにゃ使う機会がないんだ」

一瞬の内に、彼の両手が女の喉《のど》を捉《とら》えていた。女は声を上げなかった。ほとんど抵抗をしない。

ソファへ押し倒し、彼は女の首を絞め続けた。――何分たったのか、彼はふっと我に返った。

女はとっくに死んでいる。白目をむいて、舌を出し、どうにも生きている顔ではなかった。

「俺を馬鹿にしやがって！」

彼は少し息を弾ませて、女の体からおりた。

急いで宝石をポケットへ入れると、バッグの財布を出し、札だけをズボンのポケットへねじ込む。

「これでいいか」

彼は室内を見回して、肯くと、玄関へと歩いて行った。

彼の名は——その都度、変り続けている。ときとして本当の名すら忘れそうになるくらいである。

要するに詐欺師なのだが、人を殺す詐欺師だから怖い。自分の安全のためなら、良心に何の咎《とが》めもない。

彼はそういう男であった。もちろん、真鍋今日子を崖《がけ》から突き落とした木村久夫が、彼の一つの顔なのである。

今日子を騙《だま》して手にした三百万円は、ほぼ三か月で使い切っていた。

いつもなら、金持の娘に近付いて、ゆっくりとその懐を狙うのだが、それにはしばらくの間、軍資金が必要である。

あの中年女と寝たのは、そのためだったのだが、思いもかけない結果になってしまった。しかし、彼はあまり心配していなかった。

「何とかなるさ」

と呟《つぶや》く。——そして、実際、何とかなるのだった。

今まで、彼は一度も逮捕されたことがない。疑われたということもない。従って、指紋も警察には残っていないし、顔も知られていない。

安全に関しては、彼は一種の本能的な直感を備えている、と言ってもいいだろう。それに従って、これまで安全にやって来たのだ。これからだってそれでいけないわけがあるだろうか。

彼は、まずホテルへ落ち着くことにした。あの女の金がある。宝石は知り合いの男を通して、闇ルートでさばかねばならない。かなり買い叩《たた》かれることは覚悟していなくてはならなかった。

ホテルのフロントで、宿泊者カードを書き込もうとして、考えた。今度は何という名前にしようか？

まあ、何でもいいんだ。彼はカードへ記入した。

〈池上照夫《いけがみてるお》〉

その男は、ホテルのロビーへ入って来ると、まるで、望遠レンズを目にはめ込んであるような、遠くを見通す目つきで周囲を見回した。

相手がソファで新聞を読んでいるのを見付けると、歩いて行く。

「やあ」

若者が顔を上げた。池上照夫である。現在のところは、だ。

「待ったか？」

五十がらみの、鋭い目の男だった。

「三十分ばかりね」

と池上照夫は言った。

「交渉していたんだ」

「分ってるよ。いくらだ？」

男が、メモを渡す。一目見て、照夫が顔をしかめた。

「ひどいじゃないか、いくら何でも」

「仕方ないさ」

男は肩をすくめた。「いやならよせ。しかしあのブツはかなりヤバイからな。他でさばくのは大変だと思うぜ」

照夫はため息をついて、

「分った。これでいいよ」

「話が早いのは気持いいぜ」

男はニヤリと笑った。

「いつもらえる」

「明日、だな」

「よし。ここへ持って来てくれ」

「夕方、この時間でいいな」

「待ってる」

足下を見やがって。――照夫は、ロビーを出て行く男の後ろ姿をにらみながら思った。この次は他の奴に頼もう。

ロビーから表へ出ると、照夫はタクシー乗り場へ行った。ちょうど一台、行ってしまったところで、少し待つことになりそうだ。

照夫は欠伸《あくび》をしながら、ロビーのほうをガラス越しに眺めた。

自動ドアが開いた。――子供だ、二歳ぐらいか、まだどこか覚束《おぼつか》ない歩き方で、表へ出て来たのだ。

親は何をしてるんだろう、と照夫は苛々《いらいら》した。ドアボーイは、ちょうど他の客に気を取られて、子供に気付かない。

エンジンの音に、照夫は振り向いた。観光用の大型バスが、入って来る。子供が車道へ降りて歩き出す。

「――危ない！」

と照夫は叫んだ。子供が転んだ。

照夫は飛び出した。バスのブレーキが鳴る。照夫は子供を抱え上げると、道の向う側へと転がり出た。

ドアボーイが走って来る。

「大丈夫ですか！」

子供が泣き出した。

「何をしてるんだ！」

照夫は怒鳴った。「気を付けていなきゃだめじゃないか！」

「すみません」

バスから運転手が降りて来る。

「危なかったなあ。——あんたの子かい？」

「違うよ」

照夫は素気なく言って立ち上がった。

「俊《とし》ちゃん！」

女の声がした。若い——まだ二十四、五の女が、飛び出して来た。イブニングドレスの盛装だ。

「俊ちゃん！　大丈夫？」

と子供を抱きしめる。

「あんたが母親かい」

と照夫が言った。

「ええ。——すみませんでした」

「ちゃんと子供の面倒ぐらいみてな！　それができなきゃ子供なんか生まないことだぜ」

激しい口調で言って、照夫はホテルへ戻って行った。

ロビーを抜けて、バーへ入る。

テーブルについて、ウイスキーを飲んでいると、やっと気が鎮まって来た。——どうしてああもカッカしたのかな、と苦笑した。

妙なものだ。ああいうとき、照夫は無性に苛立つのである。

「お客様」

と、ボーイが声をかけて来た。

「何だい？」

「おけがでしたら、キズテープをお持ちしましょうか？」

言われて、左の手のひらをすりむいていることに初めて気が付いた。

「ああ、それじゃ頼むよ」

熱いタオルで傷を拭《ふ》いて、テープをはった。

「ありがとう」

と照夫は言った。——これが俺の勲章かな、と思った。

三十分ほどして、ロビーへ戻ると、驚いたことに、さっきの母親が立っていた。照夫を見て急いで駆け寄って来る。

「先ほどはありがとうございました」

と深々と頭を下げる。

「もういいんだよ」

照夫も少し照れくさくなった。「子供はどうしたんだい？」

「主人が先に連れて帰りました」

「そう。——まあ、気を付けることだね」

「はい」

美しい女である。さっきは気付かなかったが、初めて、照夫は女の目の、どこか暗く沈んだ色にふと心をひかれた。

「あの——わずかでございますが——」

女が、おずおずとバッグから、白い紙に包んだ金を差し出した。

「やめてくれ。そんな——」

「はい、よく分っておりますが、私どもの気がすみません」

照夫はふっと微笑んだ。

「ご主人は先に帰ったのかい」

「ええ」

「じゃ、それをもらう代りにお願いがある」

「何でございましょう?」

「夕食を付き合ってくれないか」

女が驚いて目を見開いた。

「すまないね、無理言って」

と、照夫は言った。

「いいえ」

レストランの中は、静かで、ピアノの生演奏が、会話の邪魔にならない程度に、流れていた。

「何をしていらっしゃるんですか？」

と女が訊《き》いた。

「え？——ああ、別に何も」

「お仕事は……」

「遊んで暮してるようなもんだね、怠け者でどうしようもないんだ」

「そんなこと——」

「本当さ、働くってのは苦手だ」

「面白い方」

と女は笑って、「ごめんなさい、つい……」

「いいんだ。俺は池上照夫。あんたは？」

「申し遅れまして。野田幸子《のださちこ》と申します」

「野田さん、か。今日は何かパーティ？」

「ええ、主人の会社の……。あまり気は進まなかったのですけど」

「妻の役目ってわけか」

照夫は愉快そうに、「美人の女房を見せたかったんじゃないか、ご主人は」

「とんでもない……」

と、野田幸子は顔を伏せた。

「ご主人は何をしてるんだ？」

「貿易会社の部長です」

「部長？――いくつなんだ？」

「四十二歳ですわ」

「ずいぶん年齢《とし》が違うね」

「お見合いで、親の都合なんですわ」

「古い話だな」

「でも、私も別にこれという相手がいなかったので」

「上流階級ってのはそんなものかな」

照夫はワインを飲みほした。

「東京の方ですの？」

「俺か？――日本中だね」

「どこかお住いは？」

「決っていない。風来坊さ」

「じゃ、親のすねかじりですか」

幸子は、少し打ち解けて来たのか、笑顔もごく自然に出るようになった。

「そんなところだ」

照夫は食事を終ると、「――じゃ、ここの払いはお願いするよ」

「ええ、そうさせて下さい」

「おごられっ放しというのもいやだな。どうだい、バーで一杯付き合わないか」

幸子が当惑顔で、

「でも……」

と言った。

「ご亭主がやきもちやきなのか？」

「夜中まで家で仕事をしています」

「へえ、大したもんだ。じゃ、一杯ぐらい付き合っても悪くあるまい」

「それじゃ……」

野田幸子は、照夫の優しい微笑から目を離さずに、肯《うなず》いた。

タバコの煙が、天井へ向かって立ち昇って行く。

野田幸子が、照夫の胸へ顔を埋《うず》めた。

「驚いたわ」

と呟《つぶや》く。

「何が？」

「こんなことになるなんて……」

照夫は空いた右手で、幸子の裸身を抱いた。

「ひどい男に引っかかったな」

「いいえ、そんなことないわ。こんな気持になったのは——初めてよ」

「そうかい？　光栄だね」

「主人は……あっさりしたものよ。女なんかに興味がないんだわ」

「そんなもんかな」

「お友達、知り合いの人。表面は理想的な夫婦だけど、裏側は北極よ」

「金持ってのはみんなそうだな」

照夫はタバコを灰皿へ押し潰《つぶ》すと、「——もう帰れよ」

と言った。

「追い出すの？」

「子供が待ってるぜ」

「もう寝てるわ」

「起きてるかもしれないぜ。おやすみを言いに来てくれるのを待っているかもな。——帰ってやれよ」

照夫は真剣な口調になって言った。

「分ったわ」

幸子はベッドから出ると、急いでバスルームへ行った。シャワーの音が聞こえて来る。

照夫は、ふと思い立って、TVのスイッチを入れた。

ニュースだった。——少し待っていると、あのマンションが映し出された。

「――何なの？」

と幸子がバスタオルで体を包んで出て来た。

「人殺しだ」

「いやね」

「全くだ」

と照夫は言った。

「――女の人ね。きっと男に殺されたのよ」

「そうだろうな」

「恋だ愛だって言っても、終りがこれじゃね……」

「ああ、全くなあ」

「あなたみたいに優しい人ならよかったのに……」

幸子はもう一度照夫にキスした。「そうだわ。ねえ、本当に仕事や用はないの？」

「今のところはね」

「じゃ、週末にお友達の別荘へ行くの、一緒に来ない？」

「俺が？」

「そうよ。構わないわ。主人は来ないし」

「一人か。子供は？」

「連れて行くけど、邪魔にはならないわ。他にも大勢集まるし」

「どこなんだ？」

「伊豆《いず》のほうよ。――その人は父親が医者なの。凄《すご》い金持よ」

照夫はちょっと笑った。

「金持は金持同士ってわけか。やめとくよ」

「どうして？」

「柄じゃない」

「楽しいわよ。私みたいな人妻ばかりじゃないわ。若い子もいるし」

「あんたも変ってるぜ」

照夫は笑いながら、バスルームへ入って行った。

「――じゃ、気が変ったら電話して」

と、幸子は手帳に番号をメモした。「それから、その別荘の番号も書いておくわね。週末から一週間はいるつもりだから」

「その気になったら電話する」

と照夫は言って、部屋のドアを開けた。

「きっとね。車を回すから、来てね」

「気が向いたら、だ」

「分ってるわ」

幸子はちょっと笑って、「楽しかったわ。それじゃ――」

と、小さく肯いて、歩いて行った。
ドアを閉めて、照夫はメモを眺めた。
変った名前だ。〈大宮司〉か。いかにも金持らしい名だ。
行くことはまずあるまいが。——照夫はそのメモを、上衣《うわぎ》の内ポケットへ押し込んだ。

第三章　見知らぬ者の再会

1

「女か……」

警視庁捜査一課の部長刑事、大沢《おおさわ》はそう呟いてため息をついた。

女の悩み、といえば、羨《うらや》ましがられそうだが大沢の場合、女はすでに死んでいるので、およそ色っぽい話とは関係なかった。

〈関由香《せきゆか》〉。マンションで何者かに絞殺された女である。四十三歳。金持の一人暮し。危険この上ない生活だが、忠告する者もなかったらしい。

関由香は、殺される少し前に男と寝ている。そして宝石を盗まれて、現金も財布から抜き取られた形跡があった。

別れ話のもつれか、それとも、一緒に寝た男と、殺人強盗犯とは別なのか。――二つの面で捜査を進める必要がある。

いずれにしろ、関由香の男関係は洗い出さなくてはならない。その報告書が大沢の机の上にある。

一日の聞込みだけで、関由香と関係のあった男が十二人出て来た。加えて、ちょいとくわえ込んだ、名前も分らない男の数は、見当もつかない、という証言がある。

これでは、まるで手掛りにならない。

「女か……」

と大沢は、いまいましげにもう一度呟《つぶや》いた。

「大沢さん」

鑑識の若い男が立っていた。

「何か分ったの？」

「出ませんねえ。指紋は採取しましたが、今のところ該当の者はありません」

「そうか」

いやな予感がした。——こいつは長引くぞ。

「また何か分ったら知らせてくれ」

「はい」

大沢は欠伸《あくび》をした、昨夜はよく眠っていない。捜査の疲れは、総《すべ》て解決したときと、何一つ実りのなかったときに出る。

「おい」

と席を立って、「昼飯に出て来るぞ」

と、若い刑事たちへ声をかける。

若い——などと呼んでいるが、大沢自身、やっと三十一歳である。見るからに老けた感じのする、小柄な男で、誰もが四十代と見ていた。頭髪がやや後退しかかっているので、余計に老け込んで見えるのだろう。

大沢はいつも警視庁の中の食堂には入らない。安く上がるので、本当は、それほど豊かでもない懐具合からいえば中で食べるに越したことはないのだが、食事ぐらいは外でとりたい、と思っていた。

刑事という稼業がいやなのではない。むしろ、楽しんですらいた。しかし、何もかも刑事の生活に捧《ささ》げることだけはごめんだった……。

五分ほど歩いて、レストランへ入る。ちょっと高い店で、夜にはとても入れないが、昼はランチが、手の届く値段で用意されている。職業柄、外を歩くことが多いが、近くで食べるときは必ずここに決めていた。

緊急の用のときには、連絡も取りやすい。

昼食時間を少し外れているので、ほぼ半分程度の入りだった。テーブルを見回していると、奥のほうで誰かが手を振るのが目についた。

「——おい、金田じゃないか！」

「やあ」

大沢とは対照的に若々しい青年が、微笑みながら、「君を訪ねて行こうと思っていたんだ。

ちょうど良かった」

と言った。

「何年ぶりかな」

大沢は向かい合った席に座ると、コートを脱いで、隣の席へ丸めて置いた。「三年ぐらいかな?」

「三年と四か月だよ」

「お前の記憶力にゃかなわないよ。――おい、ランチをくれ!」

と怒鳴って、「――こういう店じゃ大声を出すものじゃなかったな」

ペロリと舌を出した。

「相変らずだね」

金田準也は愉快そうに言った。「僕のほうは食事を終ったところだ。ゆっくり食べてくれ」

「刑事なんて稼業じゃ、せかせか食らくせがついちまってな。用って何だ?」

「ちょっと見てほしい物がある」

「何か売りつけようってんじゃないだろうな?」

「刑事の給料は知ってるからね」

「言ったな!」

大沢は笑った。

年齢こそ四つ違いだが、金田はかつて刑事仲間だった。もっとも、なぜか仕事への情熱を失って、金田は一年そこそこで刑事の職を辞してしまったのだが、大沢とは性格的にもおよそ対照的なのに、同僚という以上の付き合いになっていた。

「まだ、どこかの会社の秘書をやってるのか？」

「そうだよ。実は上司に問題が起ってね」

「おい、まさかもみ消してくれなんて言うんじゃあるまいな」

「違うよ。こっちも、けじめは心得ている」

「そりゃそうだ。悪かった」

金田はポケットから安全カミソリを入れたビニール袋を取り出した。

「──何だ？　犯罪の匂いがするな」

「凶器じゃないよ、残念ながら」

と金田は楽しげに言った。「指紋を採ってみてくれないか。前科のある人間かどうか知りたい」

大沢は袋を指でつまんで、笑いながら、

「お前が手を出すとは面白いな。事情を教えてくれるだろうな？」

「もちろんだ」

金田は、真鍋今日子の駈《か》け落ちから、木村久夫と名乗った男が、どうやら彼女を突き落として、姿を消したらしいことを話した。

「その娘、死体は見付かったのか？」

と大沢が訊《き》いた。

「いや、結局、見付からずじまいだ」

「——三か月たっているわけか。その間、何してたんだ?」

「彼女の友達や何かに訊いて回った。立ち回り先のディスコや喫茶店にも行ってみた。——できることなら、君の手を煩わせたくなかったんだ」

「俺に知られたくなかったんじゃないのか、ええ?」

大沢は皮肉っぽく笑顔を見せた。

「それもある」

金田は肯《うなず》いた。「警察は素人が犯罪をかぎ回るのを喜ばないからね」

「お前が素人だって?——それなら大部分の刑事は素人だ」

「お世辞は君らしくないぞ。調べてくれるか?」

「いいとも。結果が分ったら連絡するよ」

「すまん」

ランチを食べ終えると、大沢はコーヒーを持って来させた。

「お前、まだ独身か?」

と大沢は訊いた。

「そうだよ。君の所はもう……」

「この間二人目が生れた。戦場のような騒ぎだよ」

大沢は大きな欠伸をした。「帰っても疲れるばかりさ。独り者が羨《うらや》ましい」

「そうかい」

金田は曖昧《あいまい》に笑った。「──妹さんは元気か？」

「ああ、この間もお前のことを話していたよ」

大沢は少し間を置いて、言った。

「亜矢子《あやこ》はまだ君が好きだぜ。二十五になるのに、絶対に見合いもしない」

「幸福になってほしいね」

金田は視線をふと遠くへさまよわせた。

大沢には、分りかねた。男と女が好き合って、なぜ一緒になるのを拒むのか。理屈に合わないではないか。

金田と大沢の妹、亜矢子は、かつて婚約者同士であった。二歳違いの、誰の目にも似合いのカップルが、なぜ、突然婚約を解消したのか、誰も知らなかった。

それは、金田が刑事を辞めた直後のことでもあった。

ちょっと話が途切れたとき、ウエイターの一人が、テーブルへやって来た。

「大沢様でいらっしゃいますね。お電話が入っております」

大沢は、レジのカウンターへ急いだ。

「大沢です」

「お兄さん、やっぱりそこだったの。お昼を食べに出てるって聞いて、もしかしたら、と思ったの」

亜矢子である。大沢は偶然のいたずらにびっくりして、一瞬言葉が出なかった。

「もしもし。——お兄さん」

「ああ、どうしたんだ?」

「何か——忙しいの?」

「いや、いいんだ。何か用なのか」

「ちょっとね。お誕生日のプレゼントを、と思って」

「俺の誕生日はまだだぞ」

「呑気《のんき》ねえ。純子《じゅんこ》ちゃんのじゃないの」

「あ、そうか。今日だったかな」

大沢の長女である。下はやはり女の子で、恭子《きょうこ》といった。

「子供の誕生日忘れるなんて、父親失格ね」

「そういうな。忙しいんだ」

「今仕事でその近くへ来てるの。ちょっと会えない? 渡したいんだけど」

大沢は、チラリと金田のほうへ目をやった。

「ああ、それじゃ……この店にいる。どれくらいで来られる?」

「そうね。地下鉄で……十分もあれば、場所は分ってるから」

「待ってる」

大沢は、テーブルへ戻った。

「さて、邪魔しちゃったな」

と金田が立ち上がりかける。

「ちょっと待てよ。この安全カミソリの指紋早いほうがいいんだろう？　今、鑑識にやらせて来るよ」

「そんなにしてもらわなくても――」

「いや、俺も、午後はどこへ飛んで行かなくちゃならないか分らないから、今のほうがいいんだ」

大沢は立ち上がると金田を無理やり席へ押し戻して、

「三十分もあれば戻る」

と言っておいて、足早に店を出て行ってしまった。

金田はちょっと呆気《あっけ》に取られて、大沢を見送っていたが、帰るわけにもいかず、コーヒーをもう一杯注文した。

「電話はある？」

「レジのわきに赤電話が」

――金田は、赤電話のダイヤルを回した。

「真鍋だ」

「金田です」

「やあ。何か分ったかね」

「今、指紋を警視庁でチェックしてもらっています」

「そんなことができるのか」

「申し上げていませんでしたが、私は以前、警視庁捜査一課の刑事だったのです」

真鍋はさすがに驚いたらしく、ちょっとの間、沈黙していた。

「――それは知らなかった」

「もっと早くこうすればよかったのですが、ちょっと事情がありまして、できれば警察の手を借りることは避けたかったのです。申し訳ありません」

「いや、そんなことはいい。君にすっかり迷惑をかけてしまったね」

「許しを得ずに、事情を話してしまいましたが」

「総《すべ》て君に任せたんだ。構わないとも」

「では、進展があればお電話します」

「よろしく頼む。時間も、費用も、いくらかかってもいい。ともかく奴を捜し出してくれたまえ」

「かしこまりました」

電話を切って席に戻ると、金田はコーヒーがさめるのにも構わず、じっと目を閉じていた。

「いらっしゃいませ」

ウエイターの声に、金田は目を開けた。まだ大沢が来るはずはない。入って来たのは、いかにも第一線で働くＯＬらしい、さっぱりしたスーツに、腕に薄手のコートをかけた女性だった。

その女性は誰かを捜すように、店の中を見回した。一旦《いったん》金田の上を通り過ぎた視線が、すぐに戻って来た。

「――あら」

と言いながら、彼女は近付いて来た。「あなたがここに……」

「どうやら、君の兄さんの企《たくら》みらしいな」

金田は微笑んだ。「かけないか」

大沢亜矢子は、さっきまで兄の座っていた席に腰をおろした。

二人ともしばらくは何も言わなかった。そして、何となく笑い出してしまった。

「大人になったね」

と金田が言った。

「前は子供だった？」

「いや、年寄りだった」

「まあ、ひどい」

笑いが、二人の距離を埋めたらしい。亜矢子はケーキと紅茶を頼んで、

「太るのを気にしながら食べちゃうの。その辺も変ったでしょう。――兄にご用だったの？」

「ちょっと頼むことがあってね。もう二十分もすれば戻ると思う」

「分ってて席を外したのかしら」

「決ってるさ。あいつ流の気のきかせ方、ってところかな」

「ちっとも変らないわね、あなたは。女のほうだけ年を取るなんて不公平だわ」

「僕だって多少は変ったよ。もう刑事じゃないし」

「でも兄にどんな用が？」

「調べてほしいことがあってね」

「私立探偵でも始めたの？」

と亜矢子は訊《き》いた。


今頃は二人で話をしているだろうか。

大沢は席に浅く腰をかけ、足を机の上に投げ出していた。

兄妹《きょうだい》とはいえ、人生は単純で、人間はどれもこれも似たり寄ったりと信じている大沢と違って、亜矢子は頭も良く、えらく難しい本もよく読んでいた。

金田も、インテリくささがない男ではあるが、やはり、根本的に大沢とは違うタイプの人間だ。亜矢子とは気も合うし、話もよく合っていた。

大沢としては多少の劣等感に悩まされることは覚悟の上で、亜矢子が金田と一緒になってくれればいいと思っていた。――一旦別れた男女がもう一度めぐり逢《あ》って燃え上がると、今度は永続きするということだが、あの二人の場合は、どうだろうか……。

電話が鳴った。鑑識からだった。

「——やあ、済まんな。指紋、採れたか？」

「ええ、でも……」

「前科はなさそうか」

「ないようです」

「そうか」

「これはどこで見付けたんですか？」

「どうしてだ？」

「いえ、何となく見たことのある指紋で——合わせてみると、例のマンションで女を殺した奴の指紋と一致するんです」

「何だと？」

大沢は机の上から足をおろして、訊き返した。

2

「どうなってるんだ？」

池上照夫は、電話にかみつきそうな口調で言った。

「もう四日だぞ！　いつまで待たせるんだ」

「俺に文句を言われても困るぜ」

相手の声には表情がなかった。「買手次第だからな、こういう品物は」

「とっくに売れてるはずだぞ」

「金が入るのに手間取ってるんだ。俺を信用しろよ」

相手の曖昧《あいまい》な笑い声に、池上照夫は、敏感に裏切りの響きを聞き取っていた。信用なんかするもんか、と言いたいのをこらえて、

「分ったよ」

と、照夫はさり気なく言った。「早いとこ頼むぜ」

「ああ、二日以内に何とかする。こっちから電話を入れるよ」

「分った。待ってるぜ」

照夫はゆっくりと受話器を置くと、部屋の窓から、表を眺めた。——新宿《しんじゅく》の雑踏が見下ろせる。

安いビジネスホテルに移ってはいたが、それでも、懐は大分寂しくなって来ていた。あの宝石の金が、もし手に入らないとなれば、文無しということになる。

女をたぶらかして仮の宿を手に入れるのは簡単だが、あの宝石類——女を殺して手に入れた品物を捨ててしまうのは惜しかった。

あいつはもう金を手に入れている、と照夫は確信していた。それなのに、俺を待たせているのは、俺を警察へ密告するためかもしれない。その代りに盗品売買を見逃してもらう。——それとも、じらしておけば、その内諦《あきら》めて逃げ出すと思っているのかもしれない……。

どっちも照夫はごめんだった。

しばらく考え込んでいた照夫は、決心したように、上衣《うわぎ》を着た。ネクタイをきちんと締めて、髪にクシを入れると、切れ者のビジネスマンの出来上がりだ。

それから、内ポケットを探って、ナイフを取り出した。バネで刃がピュンと飛び出す、鋭い、十センチあるナイフだ。ゆっくりと刃をおさめて、ポケットに戻す。

照夫は狭苦しいビジネスホテルのシングルルームを後にした。


「しばらく誰も来させないでくれ。電話もつなぐな」

真鍋は女子社員へそう言って、ドアを閉めた。

部長室には、金田と大沢が座っている。

「——すると奴は女を殺したんですね？　何という奴だ！」

ソファに腰をかけて、真鍋は首を振った。

「お嬢さんのことでは、どうも現地の警察はろくに調査もせず、頭から心中と決めてかかっていたようです」

大沢はちょっと苦々しげな口調で言った。

「いまから再調査させても、何か出て来るとも思えません。誠に面目ないことです」

「いや、それは無理もないことですよ」

真鍋は穏やかに言った。「私としても、地元の警察の方に強くお話ししたわけでもないのですから」

「そうおっしゃられると、却《かえ》って辛《つら》い気持ですよ」

大沢は苦笑しながら、金田のほうを見て、

「しかし、誰もその木村久夫という男——偽名でしょうがね——を見ていないというのは、残念ですね」

「お嬢さんの部屋まで捜させていただいたんだが、一緒に撮った写真一枚ないんだ」

と、金田は言った。

「かなり知能犯だな。おそらく、今までに他にも似たようなことをやって来ているよ」

真鍋は、じっと金田を見ていたが、

「君に調査を頼んだときには、まさか、君がその道の専門家だとは思わなかったよ」

「専門家になり切れなくて、刑事を辞めたんです」

金田は真面目な顔で言った。

「今回の事件はまだ希望があります」

と、大沢が自分を元気付けるように言った。

そのとき、大沢のポケットで、ベルが鳴った。

「電話をお借りします」

大沢の指が素早くプッシュホンのボタンを押す。「——大沢だ。——どこで？——よし、パトカーを回してくれ」

大沢の声が弾んだ。受話器を置くと、

「手がかりだ。女の宝石が出た」

「木村の盗んだ宝石か？」

「そうだ」

真鍋の顔も興奮に紅潮した。

「すると、その出所を追って行けば、あいつの居所が知れる、と……」

「充分に可能性があります。では、失礼します」

と部長室を出ようとして、「――金田、行くか？」

と振り向く。

「いいのか、素人を連れて行っても」

「おとなしくしてればな」

「行ってしまえばそれきりさ」

金田は、真鍋へ、「何かつかめれば、ご連絡します」

と言って、大沢に続いた。

残った真鍋は、じっとその場に立って、動かなかった。それから窓のほうに歩み寄ると、ビルの前に停ったパトカーへ、金田と、大沢という刑事が乗り込むのを見下ろしていた。

ふと、真鍋の口から、

「今日子……」

という呟《つぶや》きが洩《も》れた……。

「奴の名は津田《つだ》というんだ」

大沢がパトカーの中で言った。「盗品の売買、特に宝石類を扱って、かなりやばい商売をして来ている」

「すると、ちょっとつついてやればしゃべるかもしれないな」

と金田は肯《うなず》いた。

「手心を加えてやってもいい。ともかく、その木村って男の顔でも分りゃいいんだが」

「何としても見付けたい」

金田はじっと前方を見つめながら言った。

――少し間を置いて、大沢は、

「あの真鍋ってのも、なかなかの人物らしいじゃないか」

と言った。

「いい人だよ」

「惚《ほ》れ込んでるのか」

「そうでもない。しかし、上役としては理想的な人だな」

「お前はいつもクールだな」

と、大沢はちょっと笑った。

「亜矢子さんは変らないな」

「そうだろう？　何か言ってたか？」

「二人で君の悪口をね」

二人は顔を見合わせて笑った。

「――もうすぐです」

と運転していた刑事が言った。

「よし、ここで停めろ。歩いて行く」

一見したところ、普通の乗用車に見える覆面パトカーだが、くわしい人間が見れば一目でそれと分るだろう。

「一緒に行こうか」

と金田が言った。

「いや、それはできない。下手にお前にけがでもさせると、俺はクビだからな」

「分った。それじゃこの辺で待ってればいいのか？」

「そうだな。もし逃げて来る奴がいたら、タックルしてくれても構わんぞ」

「ジョギングしてる人だったらどうする？」

大沢はそっと手を振ると、もう一人の刑事と共に、歩いて行った。

金田はそれを見送って、あの歩き方じゃ、すぐに刑事とばれるだろうな、と思った。

刑事は、いつの間にか、それらしい歩き方を身につけているものである。

金田は、車にもたれて立っていた。――狭い通りで、人通りも少なくはない。学校帰りらしい女学生たちが、にぎやかに笑いながら歩いて来る。

何となく、金田は落ち着かなかった。妙な苛立《いらだ》ちが金田を捉《とら》えていた。——一種の予感とでもいうものだろう。

大沢たちは、少し先の角を曲って入って行ったが、五分しても、姿を見せなかった。目当ての津田という男がいなかったのだろうか？

角を曲って、男が出て来た。——大沢たちではない。

せいぜい二十四、五の、若い男だった。ピタリとスーツを着こなして、有能なビジネスマンという感じだ。

しかし、どことなく、外見とは違って、勤め人らしくない印象を、金田は受けた。刑事に刑事の歩き方があるように、勤め人にはそれらしい歩き方というものがある。

その男の足取りは、それとは微妙に違っていた。急ぐでもなく、ゆっくりでもなく、まるで歩くことと、その姿を見せるのを楽しんでいる。——そんな風情があった。

視線を感じたのか、その男がチラリと金田のほうを見た。ほんの一秒ほど、二人の目が出合った。

男はそのまま行ってしまった。金田は、視線を戻して、大沢たちが戻って来るのを待った。

——突然、大沢が駆けて来た。

「どうした？」

金田は緊張した。

「やられた！　津田が刺し殺されている」

大沢は車に飛び込むと、無線で連絡を取った。

金田は、ふとさっきの若い男が歩いて行った方向へ目を向けた。もちろん、もう男の姿はなかった。

「——畜生！」

とパトカーから出て来ると、大沢は舌打ちした。「おい手伝ってくれるか」

「いいとも。何だい？」

「まだ、津田は刺されたばかりだった。犯人はこの近くにいるかもしれない」

「よし、手分けして捜そう」

「すまんな」

「何を言ってるんだ」

二人は小走りに道を急いだ。

パトカーが何台も、けたたましいサイレンを鳴らして到着するまで、大沢と金田は、その現場のマンションの近くを調べたが、凶器も発見されなかった。

騒ぎが広がって、人だかりがし始めると、もう金田の出る幕ではなくなった。

「——じゃ、俺は一足先に帰るよ」

「そうか。悪かったな」

「犯人は誰だろう？」

「さあ。——何しろ、こういう商売をしている奴だ。いくらでも殺したがっている人間はいただろう」

「木村久夫も、か」

「木村？　しかし、奴は女を殺したばかりだ。そんな危ないことをやると思うか？」

「そういうことを気にする男だとは思えないな」

「そうかもしれん。もちろん指紋を当ってみるよ」

「何か分ったら連絡してくれ」

金田は、野次馬の間をかき分けて、やっと人通りの少ない道へ出て来ると、ホッと息をつく。気は重かったが、電話ボックスに入って、真鍋に事件のことを知らせた。

「そうか」

真鍋の声はさすがに力がなかった。「せっかくの手掛りだったが……」

「諦《あきら》めるのは早過ぎます。一旦《いったん》、緒《しょ》をつかめば、必ずどこかへつながるものですから」

「ありがとう。君の言葉を聞くと元気が出るよ」

「とんでもありません、部長」

と、金田は言った。「何か分り次第ご連絡します」

受話器を置くと、金田は一旦ボックスを出ようとして、また思い直した。もう一度電話に向かう。

「もしもし、大沢です」

「亜矢子さん、僕だよ」

「まあ、金田さん。さっきは……」

「突然別れてしまったんで、気になっていてね」

「兄が引っ張り出しちゃったんですもの、仕方ないわ。――何かあったの？」

「ちょっと殺人事件がね」

「まあ。――危ないことに巻き込まれないでね」

「心配してくれて嬉《うれ》しいね」

「しないと思ったの？」

少し間を置いて、金田は言った。

「夕食を一緒にどうだい」

「あら……いいの？」

「僕はいいけど」

「兄に一応言っておかないと」

「大丈夫。兄さんは殺人事件で目下夕食どころじゃない」

「分ったわ。じゃ楽しみにしてる」

「七時に――」

場所を決めて、金田は電話を切った。ボックスを出ると、いつもとはちょっと違った、弾んだ足取りで、歩き出す。

池上照夫は、ホテルのベッドに仰向《あおむ》けになっていた。――殺す気ではなかった。しかし、津田は、はっきり照夫を売るつもりでいた。たぶん、あの女の宝石のことで警察に呼ばれでもしたら、即座に照夫のことを話して、取り引きの材料にするに違いなかった。殺す他はなかったのだ。――しかし、困ったことになった。津田を殺して、金をとろうと思っていたのに、その前に誰かがやって来てしまったのだ。

照夫は、洗面所の窓から外へ出て逃げた。あれはたぶん警察だったろう。

何とか逃げはしたが、一文の得にもならなかった。もう金は底をついている。

このホテル代ぐらいは辛うじて残っているが、明日も困るという具合だ。町へ出て、また金のありそうな中年の女でも引っかけて歩くか。

しかし、いささか照夫はそんな生活にいや気がさしていた。

ふと、野田幸子のことを思い出した。ホテルで子供を助けてやって知り合った若い人妻だ。週末から友達の別荘へ行くから、一緒に来ないかと言っていたな。何と言う名前だったか。確か医者の娘だとか……。

照夫は上衣《うわぎ》のポケットを探った。メモが出て来る。

「大宮司か」

どうしたものだろう。――照夫は、金を使うことは好きだが、金持という人種は好きではない。大体が俗物ばかりで、面白くもなんともない連中だ。

しかし、今はそんなことを言ってはいられない。ともかく、明日の食事代もままならないのだから。

照夫は電話へ手を伸ばした。

「——はい大宮司です」

しばらく待って、女の声が伝わって来た。この声は……。

「野田幸子さんは……」

「私です。あら、照夫さん。そうでしょ？」

「あんたが出てくれて良かった」

「嬉しいわ、憶《おぼ》えててくれて。こっちへ来る？」

「正直に言うけど、金がなくなっちまってね。あてにしてたのが入らなかったものだから」

「早くそう言ってくれればいいのに」

と、幸子は笑って、「じゃ、車をやるわ。この間のホテルに泊ってるの？」

「いや。あそこならとっくに文無しさ」

照夫がホテルの場所を説明した。

「分ったわ。自宅へ電話して、車を迎えにやるから」

「すまないな」

「いいのよ。今夜でいい？」

「夜かい？」

「こっちへ真夜中に着くでしょう。それくらいのほうが、みんな起きてて元気よ」

「分った。結構だよ」

「じゃ……今、五時ね。七時にそのホテルの前に車をやるわ」

「ありがとう」

「楽しみにしてるわ」

「子供は元気かい」

「ええ。昼間は子供の相手、夜しか楽しめないわ、子持ちは」

「仕方ねえよな」

「あなたって子供好きね」

「そうかな。——大人よりましだと思ってるだけさ」

照夫は電話を切った。さて、これでここしばらくの生活は保証された、というわけだ。

金持の女房や娘たちの相手というのも疲れるが、差し当りは仕方ない。まあ、ほどほどに遊んでやればよかろう。

七時か。——軽く夕飯を食べておくかな、と照夫は立ち上がって、上衣を手に取った。

3

「——そんな事情だったの」

大沢亜矢子は、ゆっくりと肯《うなず》いた。

「すまないね、夕食の席にこんな話をしたりして」

金田はワインを少し口に含んだ。

「いいのよ。その娘さん、気の毒ね」

「まあ、生きてはいないだろうがね」

「崖《がけ》から突き落とすなんて……。残酷だわ」

「君がそんなに怒るのは珍しいね」

「だって……ほんの何秒かでも、分るでしょう、彼に裏切られたっていうことが。それが残酷だと思うの。いっそ、何も考える間もない内に殺すのならともかく……」

亜矢子は少し息をついて、「——ともかく、お兄さんの尻《しり》を叩《たた》いて捜させるわ」

「大変だな彼も」

金田は笑った。

「そうそう。お兄さんへ電話しなきゃ。きっとやきもきしてるわ」

「何だ。何も言って来なかったの？」

「連絡つかなかったのよ」

亜矢子は、席を立つと、入口の近くの電話へと歩いて行った。

金田は、窓から見下ろす、街の灯にぼんやりと見入っていた。

亜矢子が足早に戻って来た。

「ねえ、兄さんがあなたに代ってくれ、って」

「僕に？」

金田が出ると、

「おい、妹を俺の留守中にかっさらおうってのか」

と、愉《たの》しげな大沢の声が飛び出して来る。

「何だ、仕事の話じゃなかったのか」

「いや、仕事の話だよ。——まあ、妹のことはよろしくやってくれ」

「ありがとう」

「指紋が出たぞ」

「木村久夫の？」

「そうだ。血のついた指紋も検出できた。奴が殺したんだ。——一足違いだな、残念ながら」

「今どこにいる？」

「俺かい？　本庁へ戻ってる」

「今からそっちへ行く」

「何か用事かい？」

「モンタージュ写真を一枚作ってくれないか」

「誰のだ？」

「たぶん、木村久夫の写真、だと思うんだがね」

と金田は言った。

池上照夫は、ベンツの座席にもたれて、いつしか眠り込んでいた。

「お客様」

運転手の声で目を開ける。――ドアが開いて、

「着きました」

照夫は、やっと自分がどこへやって来たのか思い出した。

「今何時だい？」

「十一時と少しです」

「ありがとう」

車を降りると、目の前に、白い建物があった。広い窓には光がまぶしいほどに溢《あふ》れている。

別荘とはいえ、豪邸と言ってもいい広さだ。

スペインとか、メキシコとかの写真で目にするような、〈白い家〉のムードがあった。

玄関の所まで行くと、洒落《しゃれ》た装飾のあるドアが開いて、野田幸子が現れた。

「待ってたわ！　車が見えたものだから」

「手ぶらだよ」

と照夫は言った。

「もちろん、構わないわよ！　入って」

ホールへ入ると、音楽が聞こえて来た。

「パーティかい？」

「毎晩のことね。今日は七、八人。少ないほうよ」

「家主に挨拶《あいさつ》しなくていいのかい？」

「律義ね。――でも、彼女、今は姿が見えないの。平気よ。気の張る人じゃないから」

幸子は音楽の聞こえて来るほうへと歩きかけて、「疲れてる？ それなら部屋へ案内するけど」

幸子の目に、かすかに妖《あや》しい光があった。

「一息入れたいな」

と照夫は言った。

「じゃ、一緒に来て」

幸子は、階段を上って行く。照夫は少し間を置いてついて行った。

「――もう会えないかと思った」

幸子は、ベッドの中で、照夫の胸に頰をすり寄せた。

「俺なんかのどこがいいんだい」

照夫は大きく伸びをした。

「この間寝てから、忘れられなかったの。あの後、主人が抱こうとしたけど、今はだめな時期だからって拒んじゃった」

「じゃ、あれっきり？」

「そうよ。来てくれると思ってたもの」

「そうかね……」

「ここへ遊びに来る男性からも誘われたけど、断ったわ」

「気楽に遊べよ」

「そのつもりだけど……いやなものはいやよ」

幸子はちょっと笑って、「心配しないで、しつこくつきまとったりはしないから」

と言うと、ベッドから全裸のまま出て、バスルームへ入って行った。

「――ここが俺の部屋かい？」

ベッドの中から、照夫は声をかけた。

「そうよ。気に入った？」

「広すぎるぜ」

「ちゃんとベッドはダブルだし。――気がきいてるでしょ」

「ききすぎだ」

そう言って照夫は笑った。

二人でシャワーを浴び、幸子が一足先に出る。照夫が出て来ると、下着から、スポーツウエアまで一揃いが、ベッドの上に並んでいた。

「タダかい？」

「請求書は行かないわ」

幸子は裸の上に軽いガウンをはおった。

「悪いな、何もかも」

「合うかしら？　着てみて」

「――ああ。ぴったりだ。どうだい？」

「金持のお坊っちゃんね」

「やめてくれ」

照夫は渋い顔になって言った。

「あなた、お金持が嫌いだったわね、ごめんなさい」

「金は好きだがね」

ドアにノックの音がした。

「どうぞ」

ドアが開いた。

「失礼します」

若い娘が入って来た。

照夫は、ドレッサーの前で、髪を直していて、そっちを見ていなかった。

「ああ、波子《なみこ》さん、今夜からお泊りの方なの。私のお友達だから。よろしくね」

「はい」

照夫は振り向いた。――今日子が立っていた。

「ベッドを整えといてね。それからコーヒーを持って来てくれる?」

「はい、すぐに」

娘は、ベッドの乱れを直すと、足早に部屋を出て行った。

照夫は、やっと我に返った。

あれは……間違いなく今日子だ。しかし、そんなことがあり得るだろうか?

「あら、どうしたの、そんな顔して?」

「いや、別に」

「ここで働いてる娘なの。小間使ってところね」

と、幸子はタバコに火を点《つ》けながら言った。

「この辺の娘なのかい?」

「それが面白いの。心中か自殺のしそこないらしくてね、海岸に打ち上げられていたのを大宮司美沙って、この別荘の持主の娘ね、その人が見付けて助けたのよ」

「どうしてここにいついてるんだ?」

「ところがね、何を訊《き》いても分らないんですって」

「どういうことだい?」

「つまり記憶喪失ってわけね。自分の名前も家も、どうして海に落ちたかも思い出せないらしいの」

「それでここにいついたってわけか。しかし、さっき何とか呼んでたじゃないか」

「ああ、あれは波子、ってね。海で見付けたから、美沙さんがそう付けたの。本人も一応それで通してるのよ」

「不思議な話もあるもんだな」

「本当ね。でも、いい子よ。用があれば言うといいわ」

「そうしよう」

――少しして、波子が、コーヒーのポットとカップを盆にのせて入って来た。

「どうぞ」

とテーブルに置く。

「ついでくれ」

と、照夫は言った。

「はい」

照夫が椅子にかけると、波子はカップをその前に置いて、ポットのコーヒーを注いだ。

照夫は、じっと波子の手を見ていた。全く震えはない。

「ありがとう」

と照夫は言った。

「ご用のときはお呼び下さい」

「そうするよ」

波子が一礼して出て行く。

幸子がテーブルに加わった。

「あの娘に手を出さないでよ」

「心配かい？」

「じっと見てたじゃない」

「気楽に遊ぶんじゃなかったのか？」

照夫は笑いながらカップを取り上げた。照夫の手も震えていなかった……。

下へ降りて行くと、音楽は柔らかいムード音楽になっていた。

少し薄暗くした、広間。どれくらいの広さだろう。そこここに、カップルが思い思いに寝そべったり座ったりしている。

「幸子さん」

と声がして、美しい娘がやって来た。

「美沙さん、こちらがお友達の池上照夫さんよ」

「まあ、よくいらして下さったわ」

とその娘は手をのばして、照夫の手を握った。「大宮司美沙よ。ゆっくりして行ってね」

「ありがとう」

「飲物は？」

「そう……。ウイスキーにしよう」

「水割り？　じゃ、持って来るわ」

と、大宮司美沙はホームバーへと歩いて行った。

「美人でしょう」

と幸子が言った。

「確かにね」

「浮気はもう少し後にしてね」

「それほどタフじゃないよ」

と、照夫は苦笑した。

波子か……。

では、奇跡的に助かったのだ。全く、奇跡という他はない。

そして、記憶を失い、こうして彼と出くわした。運命の皮肉、というべきだろう。

しかし、自分を殺そうとした当の相手と会っても、全く分らないものだろうか？

そう装っているだけとも思えない。あの平静さを、演技で出せるものだろうか？

しかし、今は思い出さなくとも、一日、二日と、顔を合わせる度に、彼女も思い出して来るかもしれない。

しかし、照夫は、ここから動く気は毛頭なかった。

不思議だったが、照夫は、この状況を楽しんでいた。――いつ自分の首を絞められるか分らないというのに、危険な魅力が、この状況には具《そな》わっていた。

「どうぞ」

大宮司美沙がグラスを持って来てくれた。

「ありがとう」

「ゆっくりしていられるんでしょ？」

「僕は無職、住所不定だから」

「まあ、理想的ね」

と美沙は笑った。

「お父さんはお医者とか」

「ええ、悪徳医師の典型なの」

と美沙は真面目な口調で言った。「だから、私が罪滅しに、どんどんお金を使ってあげてるのよ」

「美沙さんの哲学ね」

と幸子が愉快そうに笑った。

音楽が、ゆるやかなダンスミュージックに変った。

「踊らない？」

と幸子は照夫を誘った。

「ああ。いいね」

幸子の体に腕を回して、照夫は、ゆっくりと、リズムに乗った。

「――今夜、行っていいでしょ」

耳元で幸子が囁《ささや》いた。

「いいよ。でも――」

「どうせみんな昼まで寝てるのよ」

「分った」

「ここにいる間は、私一人のものよ」

幸子は照夫の背に回した腕に力を入れた。

他のカップルも、めいめいが踊り出した。照夫は、大宮司美沙が一人、ホームバーのカウンターによりかかって、じっと彼のほうを見つめているのに、気付いていた。

第四章　殺意への招待

1

重苦しい時間が流れた。

目の前のスクリーンに、一つの顔が映し出されている。目、鼻、口、顎《あご》、それぞれに、うっすらと境界線が見えていた。

「——どうだ?」

と大沢は訊《き》いた。

警視庁捜査一課の部長刑事として、大沢もモンタージュ写真などは見慣れている。しかし、今度ばかりは、その写真の仕上がりを待つ緊張感がいつもとは全く違っていた。

金田準也は、長い間、じっとスクリーンの中の顔と対していた。——この顔だったろうか? 殺された故買屋、津田の所の近くで、待っていた金田の傍を通り過ぎて行った青年。あれが木村久夫に違いない、というのは、金田の直感であった。

しかし、こうして記憶の限りを総動員して造りあげた顔を見ていると、その直感は間違っていたのだろうか、と思えて来る。——こんな男ではなかった、という気がしてならないのである。

「どうした？　気に入らないのか？」

と大沢がせっつくように言った。

「顔はこれでいいと思うよ」

と金田は言った。「しかし、何か決定的なものが落ちてるような気がしてならないんだ……」

「大体合ってりゃ、充分役に立つさ」

「そりゃ僕だって分ってる。だが、それで造った写真をチラリと見た人が、すぐその後に木村久夫に会ったとしても、果して同じ男と気付くかどうか」

「じっくり見ていれば？」

「そう……。よく顔を記憶した人なら、それと気付くかもしれないね。しかし、手配写真のモンタージュをじっくり見てくれる人なんか、そういるもんじゃないからね」

「警官にバラまくだけでも大分違うはずだ。——よし、こいつを刷らせよう」

部屋の明りが点《つ》いた。重苦しさが消えて、ホッとした空気が流れる。

「亜矢子さんはどこに行ったのかな？」

と金田は、室内を見回した。

「さっき出て行ったようだぜ。デートの最中に警察へ寄るような恋人じゃ色気がないとがっかりしたんじゃないのか」

と言って、大沢は笑った。

「写真が仕上がったら見せてくれ」

「一晩で出来るよ。明日には渡せる」

「早くなったもんだな」

金田がドアを開けて出て行こうとすると、大沢が、

「俺は遅くなる。亜矢子の奴を送ってやってくれないか」

と声をかけた。

「いいとも、必ず送るよ」

「頼んだぜ」

大沢は、そう言うと、早くも係の男と話し始めた。

金田は廊下に出て左右を見回した。亜矢子は、廊下の突き当りの窓から、表を見ている。

金田が歩いて行くと、亜矢子は振り返った。

「済んだの？」

「うん。君の兄さんは遅くなるそうだよ」

「お兄さんはいつも遅いのよね。——どうだった？　満足の行く写真ができて？」

金田は首を振った。

「外見はあんなものだったと思うよ。しかし、何か、こう決定的なものが欠けているんだ。一見してハッと気付くようなものが、だ」

「それは無理よ。合成した写真なんですもの」

「分っているんだがね……。しかし、見えない手で神経を逆なでされるようなあの感触、印象は、どうやっても出せない。それが出せない限り、あの写真は正確じゃないんだよ」

亜矢子はちょっと微笑んだ。

「相変らず完全主義者ね。みんながあなたのように感受性が強いわけじゃないのよ」

金田は楽しそうに笑った。

「君にはかなわないよ。さあ、すっかり夜中になっちまった」

「これからどうするの？」

「君を家まで送る。そう約束して来たからね」

「お願いするわ。でも――」

亜矢子は歩き出しながら、「真直ぐに帰るとは約束していないんでしょ？」

と言った。


そのカーテンは分厚く、重過ぎた。

遮光カーテンとはいっても、実際に、完全に光を遮るカーテンなどというものは滅多にあるものではない。

野田邸に忍び込んだ泥棒は、だから決して経験の浅いコソ泥というわけではなかったのである。充分に、様子をうかがい、どの窓からも光が洩《も》れていないことを確かめた上で、庭へ忍び込んだ。
四、五日前から目をつけていた家である。いかにも裕福な生活を思わせる邸宅で、しかも、住んでいるのは、中年の主人らしい男と家中を預かっているらしい、五十前後の女の二人きりなのだった。
こんな広い家をどうやって使っているのか、他人事《ひとごと》ながら、泥棒は気になった。

忍び込んだのは午前二時。広い庭へ出るテラスにうずくまって、ガラス戸のガラスを切って、邸内に入り込んだのが、わずかに五分後のことだった。かなりの腕と言って間違いないだろう。

小型の懐中電灯で室内を照らすと、滅法広い、快適そうな居間である、――泥棒は、思わずため息を洩らした。立派なのはいいが、さて、どこを探せばいいか……。

あまりに広い屋敷で、勘が働かないのだった。外から見たときより、遥《はる》かに広く感じられた。

まずかったたな。――早くも、後悔し始めていた。

野田は、例によって、二階の自室で仕事をしていた。

妻の幸子が、一人息子の俊也《としや》を連れて、友人の別荘へ行ってしまっているので、ともかく時間を持て余してしまう。

四十二歳で部長。――はた目には、申し分のないエリートであり、出世だろうが、その代り、あらゆる娯楽や趣味を犠牲にして来た。結婚すらも……。

幸子と結婚したとき、友人や同僚たちは羨《うらや》んだものだ。それはそうだろう。三十代も末に近くなって、二十歳そこそこの女子大生を妻にしたのだから。しかも、幸子は飛びきりの美人だった。

野田も正直、幸子を連れ歩くのが自慢だった。幸子とて、特別に不満もないように見えた。結婚しても大学へ通って、卒業するのを待って子供を作った。俊也は、幸子に似て、女の子に間違えられるほどの可愛い顔をしている。

野田も、自分で驚くほど、子供への愛着を覚えた。

——総《すべ》ては巧《うま》く行っているかに思えたのだ。

野田は、書類から目を離して、椅子の背にゆっくりもたれかかった。少し頭痛がした。目が疲れているのだろう。

坂田《さかた》さんを起こして、何か熱い飲み物でも作ってもらおうか？

坂田というのは、もうこの家に十年近く住み込んでいる家政婦である。もう若くないのに、よく働いた。

頼めば起きて来てくれるだろう。しかし……。

野田は結局やめておくことにした。坂田さんが気の毒だ。

椅子から立ち上がって、十畳ほどの広さの仕事部屋の中をゆっくり歩いた。何も、こんな夜中まで仕事をしなくてもいいのだが、こうしてくたくたになってベッドに入らないと、すぐには寝つけないのだ。

暗い寝室のベッドの中で、じっと目を開けていると、色んなことを思い出してしまう。予定より一日早く出張から戻った夜、薄暗い寝室の中で、幸子と、見たこともない男とが絡み合っている姿を目にしたときのことを、必ず思い出してしまうのだ……。

幸子は悪びれた様子もなく、

「あら、早かったのね」

と言った。

あのときの、いとも無邪気な声が、今も野田の耳の底で反響している。

もし、幸子が泣いて詫《わ》びていたらどうだったろう、と野田は考えることがある。きっと、もっともっと、やり切れなかったに違いない。およそ罪の意識など、幸子は感じていなかった。

どうしてこんなことをしたんだ、と訊《き》いた野田へ、幸子は訊き返したものだ。

「あら、どうせあなただって女の一人や二人、どこかに置いてるんでしょ？」

野田は怒ることすらできなかった。幸子はその次の日、まるで屈託なく、いつもの通りに振る舞っていた。無理にそうしているのではなく、本当に、浮気の現場を見付かったことなど、幸子にとっては、別に気にするほどの出来事ではなかったのである。

それからも、幸子は明らかに何度か男と遊んでいた。しかし、野田は何も訊かず、何も言わなかった。

ふと、野田は足を止めた。

何か物音がしたようだった。——耳を澄ましてみたが、何も聞こえて来ない。

「気のせいかな……」

今、幸子は、大宮司という医者の娘の別荘へ行っている。そこにも、おそらく男がいるのだろう。この間、抱こうとした夫を拒んだ、その様子で、野田には分った。嫉妬《しっと》よりは、不思議な諦《あきら》めを感じる。拒まれて、むしろホッとしたようなところすらあったのだ。抱きながら、妻が昨日他の男に抱かれていたのではないか、などと考えるのは惨めではないか……。

何かが落ちる音がした。間違いない。

野田は部屋を出ると、二階の廊下を通って、階段を降りて行った。

野田は、一方で慎重そのものの人間でありながら、時には反射的にすぐ動いてしまうという癖がある。

階段を降りて、居間のドアを開け放つまで、音がしたのは誰かがいたからで、その誰かとは、決して友好的に握手したくなる相手ではないということに、野田は思い及ばなかったのだった。深々とした絨毯《じゅうたん》が、彼の室内履の音を完全に吸い取ってしまったのも、不運だった。ドアが開くまで、泥棒は、誰かがやって来ることに全く気付かなかったのだ。

「誰だ？」

野田は明りを点《つ》けた。

明りが点くと、亜矢子は、ベッドの中から部屋の中を見回した。

「こんな部屋だったの」

金田の腕が、亜矢子の裸の胸に回った。二人は軽く唇を触れた。

「君の兄さんに殺されるかな」

と金田は言った。

「そんなことないわよ。兄はずっとこうなればいいと思ってたんだもの。――今日だって、わざとあなたに私を送らせたのに決ってるわ」

金田は、天井を見上げた。

どちらが誘うでもなく、二人はこのホテルへ行った。警視庁を出るときから、互いに行先が分っていたかのようだった。

「すまなかった」

と、金田が言った。

「すぐに反省する癖、相変らずね」

と、亜矢子は微笑んだ。「私がもう――初めてじゃないと思ってた?」

「いや……そんなこと、考えもしなかったな。どっちでも構わなかった」

「まあ、冷たいのね。あなたを想い続けて操を守って来たのに」

亜矢子は真面目くさった顔で言って、金田の腕をつねった。

「痛い!」

金田は悲鳴を上げ、それから笑い出した。

「――その、木村久夫に崖《がけ》から突き落とされた女《ひと》、何と言ったっけ?」

と、亜矢子が訊いた。

「真鍋今日子、どうしてそんなことを訊くんだい?」

「彼女……木村と寝てたのかしら」

「殺す前日はホテルに一泊しているからね」

「そう」

亜矢子は、「許せないわ、その男」

と呟《つぶや》くと、金田の胸に頭をのせた。

2

池上照夫は、昼頃起き出して、一階へ降りて行った。

別荘の中は静かで、人の話し声も聞こえなかった。照夫は、見当で台所のほうへと歩いて行った。

昨夜は遅くまで、野田幸子を相手に頑張って、疲れ切って眠ったが、目覚めは割合に爽《さわ》やかだった。もうベッドに幸子の姿はなかった。二歳になる息子がいるのだから、そういつまでも眠ってはいられないのだろう。

「おはようございます」

不意に声をかけられて、ギクリとした。振り向くと、今日子が――いや、ここでは波子だったか――立っている。

「おはよう」

すぐに平静に戻って、照夫は言った。「何か食べる物はあるかい？」

「すぐにお持ちしますわ。ベーコンエッグとトーストでよろしいですか？」

「結構。コーヒーも頼むよ」

「はい。――内線の電話で申し付けていただければよろしいのです」

「それじゃ、申し訳ない」

と、照夫は言った。

波子は微笑んだ。同じ笑い。――今日子の笑いだが、照夫の目には、どこか微妙に違って見えた。どこが違うのかは、照夫にも分らなかったが。

「他の客たちはどこかへ出かけたのかい？」

「皆さん、まだお休みです」

「まだ？」

照夫は思わず訊き返した。

「池上様が最初ですわ。降りて来られたのは。さっき、野田様のお部屋には朝食をお持ちしましたけど」

こういう世界の連中は大したものだ、と照夫は呆《あき》れながら思った。俺だって女を騙《だま》すには、それなりの苦労と努力をしているのに、奴らは、ただ怠惰な日を送る他、能がないのだ。

照夫は、金は好きだが、金持という人種は嫌いだった。

「お部屋へお持ちいたします」

波子は、そう言って、足早に立ち去った。

照夫は二階の部屋へ戻った。——五分ほど待っただけで、波子が、大きな盆に朝食をのせて現れた。

「こちらへ置きます」

波子は盆をテーブルに置いて、「失礼しました」

と出て行こうとする。

「ねえ、君」

と、照夫は呼びかけた。

「はい」

波子が振り向く。

「君、ここにいるのは、不思議な事情だそうだね」

「お嬢さんに助けていただきました」

「海で溺《おぼ》れかけてたんだって？」

「はい。そうらしいです」

照夫はテーブルについて、コーヒーをポットからカップへ注ぎながら、

「全然、憶《おぼ》えてないのかい？」

と言った。「どうして海へ落ちたのか、とか、どこから流されて来たのか、とか……」

「はい、いくら考えてもだめなんです」

波子は至って素直に言った。

「医者にでも相談したら？」

「大宮司様がお医者様ですもの」

「そうか。そうだったね」

「結局、時間が必要らしいんです。無理に思い出そうとしないでいれば、その内、何かのきっかけで、きっと何もかも一度に思い出す、と……」

「なるほど」

照夫は、波子の、無邪気にすら見える目をじっと見つめた。「――早く思い出せるといいね」

「ありがとうございます」

波子は出て行った。照夫は、ゆっくりと食事を始めた。

おそらく、あの記憶喪失は本物だろう。しかし、いつまで続くのだろうか？　突然、彼のことを思い出したとき、彼女はどうするのだろうか？

ドアをノックする音がした。

「どうぞ」

「あら、早いのね」

野田幸子が入って来る。まだ薄いネグリジェ姿だ。

「何だ、起きたんじゃなかったのか」

「俊ちゃんに朝ご飯をね。――これでも多少は母親らしいこともするのよ」

「昼の十二時に朝ご飯じゃ、さぞいい子に育つだろうぜ」

と照夫は笑った。

「ねえ……」

幸子が、照夫の首に腕を回す。「ここから帰った後、どこか行くあてはあるの?」

「そんな先のことは心配しない主義なんだ」

「ずっとそばにいたい……」

幸子は照夫の頰に唇をつけた。「もう離れたくないの」

「気楽に遊ぶんじゃなかったのか」

「あなたみたいな人、初めてよ」

幸子は真顔で言った。——照夫の頭の中で、警戒信号が点滅した。女があまりにのめり込んで来ると危ない。その執着《しゅうじゃく》が、いつ裏返って、憎しみに変るかもしれないのである。

「俺は金は好きだし、女も好きだ。しかし、女に養われるのはごめんだよ」

幸子が何か言おうとしたとき、ドアが開いた。大宮司美沙が立っていた。

「あら、美沙さん」

「ここだったの」

美沙は息をついて、「お宅から電話よ」

と言った。

「主人から? 何かしら……」

「いえ、坂田っていう女の人」

「ああ、家政婦さんだわ。電話、下で取る？」

「もう切れたわ」

と美沙が言った、「至急、帰ってくれ、って」

「主人が病気か何か？」

と、幸子が不思議そうに訊《き》いた。

美沙が、少し間を置いて言った。

「ゆうべ、お宅に強盗が入って……ご主人が殺されたんですって」

「あら……」

幸子はそう言って、しばらくポカンとして立っていた。

「早く帰らなきゃだめよ」

美沙に言われて、やっと我に返った様子の幸子は、

「そうね……。いやだわ、本当に……どうなってるんだろ」

と、独り言のように呟きながら、出て行った。

照夫は、ちょっとの間、幸子の出て行ったドアのほうを眺めていたが、また食事を始めた。

美沙が歩いて来ると、向かい合った椅子に腰をおろして、食事を続けている照夫の顔をじっと眺めている。

「顔に何かついてるかい？」

と、照夫は言った。

「いいえ。——でも、興味あるわ。あなたって」

「そうかい？」

照夫はゆっくりコーヒーを飲みほした。

美沙がポットを取って、照夫のカップに二杯目を注いだ。

「こりゃどうも」

照夫は何気なく言ったが、美沙のほうは、何ともいえないときめきのようなもので鼓動が早まるのを感じていた。男にこんなことをしてやるなんて、どうしてしまったのかしら、私……。

「幸子さん、仕度できたかしら？」

と美沙がドアのほうを見る。

「行ってやれよ」

「え？」

「行って、手伝ってやらないといつまでも出発できないぞ」

照夫の言葉に、美沙は戸惑ったような表情で立ち上がった。

「でも、あの人、ご主人のことなんか愛してないのよ。そうショックを受けるとは思えないわ」

「男が浮気するのは、女房を愛してないからだと思うかい？——必ずしもそうでもないんだぜ。あの女もそうだ。裏切っても夫が決して離れて行かないと分ってるから、平気で他の男に手を出すのさ」

「あなた心理学者か何か？」

「いや。しかし、女のことなら多少は分ってるつもりだ」

美沙は、ちょっとの間、照夫を見つめていたが、すぐに急ぎ足で出て行った。

照夫は食事を終えると、立ち上がって大きく伸びをした。ベッドの頭に、ラジオが組み込んであるのを見て、スイッチを入れる。

毒にも薬にもならないような音楽が流れて来た。照夫はベッドに横になって、ぼんやりと天井を見つめた。

何となく、落ち着かない。――いつも、金のため、女のために、気を配り、動き回るのに慣れてしまったので、こうして、何もすることがないのは、却《かえ》って不安なのだ。

俺は貧乏性に生れついているのかもしれないな、と照夫は思った。

波子が入って来た。「お盆をお下げしてよろしいですか」

「――失礼いたします」

「ああ、頼むよ」

ラジオが時報をうって、ニュースになった。面白くもねえ。変えようか、と思ったが、手をのばすのも面倒だった。

波子はポットやカップを盆にのせて、手際よく片付けた。ラジオの声が流れた。

「――殺された津田は盗品の売買にかかわっており、警視庁は、容疑者として、自称木村久夫と名乗る男を手配する方針であると発表しました」

照夫は、さすがに思わずベッドに起き上がった。次の瞬間には、照夫の目は、盆を手にした波子のほうへと向いていた。

波子は、持って来たナプキンで、テーブルを拭《ふ》いていた。

「――木村と名乗る男のモンタージュ写真を作製し、公開することにしております」

照夫は、波子の表情にも仕草にも、全く、変化を認めなかった。もし、分っていて演技しているのなら、全く名優という他はない。

いや、おそらく何も気付いていないのだ。

「失礼しました」

波子は、盆を手に、出ていった。照夫は、すでに他のニュースに変っているラジオのスイッチを切った。

木村久夫。――それがなぜ、津田殺しと結びついたのだろう。ろくに聞いていなかったが、津田との関連が分ったのなら、当然、あのマンションで殺した女のことも、知れているに違いない。

分らないのは、津田に対して、これまで木村久夫という名を使ったことがないのに、なぜ、警察がその名を知ったのか、という事である。

木村久夫と名乗ったのは――そうだ、今日子に対してだけだ。

すると、どういうことになるだろう？　今日子との偽装心中は、すでに見破られていることになる。つまり、木村久夫が、真鍋今日子を殺して、行方をくらましたと思われているわけだ。

誰かが、あの心中を怪しいと見抜いた……。

こいつは油断できないぞ、と照夫は思った。

もう一つ、分らないのは、今日子の事件とあのマンションでの殺し、それに津田の殺しが、どこで結びついたのかという事である。

「指紋か……」

おそらくそうだろう、と照夫は思った。今日子と泊ったホテルでも、極力、指紋は残らないようにしたつもりだが、何しろ今日子の目の前で、あちこちを拭いて回るわけにもいかない。いくつかの指紋は残ったに違いない。

前科はないから、それで身許《みもと》が割れる心配はないが、女を殺したとき、指紋をそのままにして来たのは、まずかったかもしれない。それと、今日子と泊ったホテルの指紋とが一致すると分ったのだろう。

そう考えれば、警察が〈木村久夫〉を手配するというのも分る。

照夫は、ドレッサーの鏡の中を覗《のぞ》き込んだ。

「モンタージュ、か……」

一体誰の記憶をもとに作ったのだろう？　あのホテルの従業員などが、今まで彼の顔を憶《おぼ》えているとは思えない。女を殺したときは、誰とも会っていないはずだ。では、津田を殺《や》ったときか？

だが、あのときも、逃げるのを見られたとは思えない……。

いずれにしても、モンタージュ写真などというのは、至って曖昧《あいまい》なものだ。おそらく、似ても似つかぬ顔に仕上がっているだろう。

照夫はそう自分へ言い聞かせたが、不安を消し去ることはできなかった……。

ドアが開いて、美沙が入って来た。

「――今、車で帰って行ったわ」

と息をついて、「本当に呆然《ぼうぜん》としちゃって……。分らないものね」

野田幸子のことだ、と気付くのに、ちょっと時間がかかった。――すっかり忘れてしまっていた。

「僕はここにいてもいいのかな」

と、照夫は言った。

「もちろんよ。どうして?」

と、美沙は目を見開いた。

「彼女の友人として来てるからさ」

「友人?――彼女と知り合って何日ぐらい?」

美沙はちょっと笑って、「別に構わないのよ。幸子さんの愛人だから泊めてるわけじゃない。あなたは私の客ですからね」

と言った。

「じゃ、もう少し厄介になろう」

照夫は言った。

「どうぞ、いつまでも」

美沙が近寄って来ると、照夫の肩へ両手をかけて、照夫の唇にキスした。照夫は、全く動かなかった。

「幸子さんに義理でもあるの？」

照夫は肩をすくめて、

「今はキスしたい気分じゃないのさ」

「そう。安心したわ。私のせいじゃないのね？」

「ああ」

「じゃ、その気になったら教えてちょうだい」

美沙は、微笑んで、出て行った。

3

「――よくできてるよ」

と、金田は言った。

「それじゃ、新聞やＴＶに流して構わないのか？」

大沢は身を乗り出すようにして、言った。金田はもう一度、写真を眺めた。

警視庁から近い喫茶店である。昼をずっと過ぎているので、閑散としていた。

「――いいんじゃないかな」

と、金田は写真を返した。

「よし、すぐに手配しよう」

大沢は目に見えて張り切っている。

「しかし、木村久夫を知っている人間が、それを見ても、おそらく、何となく似てる、ぐらいにしか思わないだろうね」

「それで充分さ。モンタージュってのはその程度だよ、みんな」

金田は黙ってさめたコーヒーを飲んだ。

「女の敵ってやつだな、こういうのは」

と大沢は写真を眺め、「しかし、どうしてこんな男に女がコロリと騙《だま》されるのか、不思議だなあ」

と首を振った。

「その写真には、その辺が出ていないよ」

と金田は言った。「そういう男には、一種の危険なムードがあるんだ。女性はそれにひき寄せられるんだな」

「命を失くしちゃおしまいだろうに」

「真鍋今日子がもし生きていれば、完璧《かんぺき》なモンタージュができるだろうがね」

「三か月たってるんだぜ。生きてりゃ、何とか名乗り出るだろう」

「ああ、分ってる。しかし死体が見付かっていないんだから、希望もゼロというわけじゃない……」

「よほど、あの真鍋って部長に惚《ほ》れてるようだな」

「そうじゃない。ただ、木村久夫を許せないだけだ」

金田が、入口のほうを見て微笑んだ。振り向いた大沢がびっくりして、

「何だ、亜矢子か。——会社はどうしたんだ？」

「お休み取ったの」

亜矢子は金田の隣に座ると、「お話は終ったの？」

と二人の顔を眺める。

「一応ね」

「じゃ、お兄さん、邪魔だから帰ってくれない？」

大沢は目をパチクリさせて、

「おい、どうなってるんだ！」

と声を上げてから、「分ったよ」

と腰を上げた。そして、

「じゃ、何か分ったら連絡するよ」

と金田へ声をかけて、店を出て行く。

亜矢子は、金田の腕に手をかけて、

「何か分ったの？」

と訊《き》いた。

「いや、これからさ」

と金田は言った。

「でも——その男、ただ殺人罪で逮捕するだけじゃ、気が済まないわ、私。女の愛を裏切ったことの報いを受けるべきよ。そうじゃない？」

「そういう方法があればね」

と金田は肯《うなず》いた。

「——どうもご主人はお気の毒でした」

と刑事が言った。

「はあ」

野田幸子は肯いた。——相手の言葉の意味が、ごく漠然としか分っていなかった。

俊也が、刑事たちの間をちょこちょこと駆け回っている。帰りの車の中で、ぐっすり眠ったので、元気一杯、上機嫌だった。

「犯人はかなり常習の泥棒と見られます」

刑事はメモを見ながら説明した。「ガラスを切って侵入している手口などから見ましてもね。

――ところで、ちょっと分らないことがありまして、うかがいたいんですが」

幸子は、ぼんやりと、窓の外を眺めていた。

「――あの、何かおっしゃいまして？」

「ちょっとうかがいたいんです。ご主人はいつも、ああして遅くまで仕事をなさっていたんですか？」

「はい。たいていは二時頃までやっていました」

幸子は少し置いて付け加えた。「仕事が好きな人だったんです」

刑事は、坂田という家政婦からの証言を思い出していた。〈奥様はそれは男関係の派手な方なんです。旦那様《だんな》も、もう最近は諦《あきら》めておいでで……。夜中にいつも仕事をしていらしたのも、お寂しかったからなんでございますよ……〉

「すると、ご主人が、物音を聞きつけて、一階へ降りて来て、犯人と顔を合わせてしまった、ということになりそうですね」

「主人は、とても物音には敏感でした。私なんか少々のことでは目を覚ましませんが……」

「最近の泥棒は、見付かると、すぐに刃物をだしますからねえ。――ともかく、全力を尽くして犯人を見付けてごらんに入れます」

「お願いします」

と、幸子は頭を下げた。

刑事は、家政婦の証言が気になっていた。もし、この夫人が、本当に男遊びに派手で、夫とうまく行っていなかったとしたら……。

実際、夫人は、ふつりあいな若い美人である。もし夫人が夫の死を願っていたとしたら？

ちょうどその時期に、愛人の別荘へ行っていたのも、疑えば疑えないことはない。

もし夫人が、誰かに、泥棒に殺されたと見せかけて夫を殺すように依頼したとすれば……。

「さぞ、奥様はホッとしておられるでしょう」

家政婦は皮肉たっぷりにそう言ったのである。

ちょっと当ってみるかな、と刑事は思った。当って損はあるまい。夫人の今の恋人がどんな男なのか。――そこから、何かが出て来ないとも限らない……。

部屋で夕食を終えると、照夫は、居間へ降りて来た。

まだ誰もいない。――他の客たち、といっても、照夫はろくに会ってもいないのだ。

みんな部屋で食事か、さもなければ遅い昼寝の最中だろう。目が覚めて、エンジンがかかるのは、もっと夜がふけてからだ。

照夫は二十七インチの大型TVのスイッチを入れた。ニュースの時間である。

しばらくは、国際情勢、国内の政局、といった退屈な話が続く。

「TV見物？」

いつの間にやら、美沙が入って来ている。

「みんな何してるんだい？」

「エネルギーをたくわえてるんでしょ。みんな明日は帰るのよ」

「そうか」

「あなたはいいのよ、ここにいて」

美沙は、照夫と並んで、ソファに座った。

「何か見るの？」

「彼女の亭主が殺された事件さ」

「ああ、そうね」

「これらしいな……。立派な家だ」

ブラウン管に、堂々とした邸宅が映し出された。見物人、刑事たち、報道陣……。

フィルムが間に合わなかったのか、幸子の姿は出なかった。

「気の毒にね……」

と美沙が言った。「でも、私にはそう悪くもなかった。あなたを置いて行ってくれたもの」

ニュースが変って、ブラウン管に、彼の顔が出ていた。美沙は照夫のほうを見ていて気付かない。

「——俺に似てる」

と、照夫は言った。

「え？」

美沙はＴＶを見て、「ああ……そうね、そう言えば似てるかな」

「殺人犯だってさ」

「まあ、そうなの？　怖いわね」

と美沙は笑った。「でも、あなたになら殺されてもいいっていう女がいくらもいるんじゃない？」

分らないのだろうか？――照夫は不思議だった。

よく出来たモンタージュ写真である。誰の記憶を頼りに作ったものか知らないが、それは、抜群の記憶力の持主だろう。

しかし、美沙は、それほど似ているとは思わないようだ。まさか、そんな人間が間近にいるとは、想像もつかないのだろうか？

ともかく、緊張の時間は過ぎて、照夫は一安心した。

「あの――」

と入口で声がした。

波子が立っている。

「何か用？」

二人でいるところに声をかけられたせいか、美沙はちょっと苛々《いらいら》した調子で言った。

「先生からお電話ですが」

「ここへ回して」

と言ってから、気が変ったのか、「ああ、いいわ。廊下で取る」

と、何かに腹を立ててでもいるような勢いで、居間を出て行った。

波子は、居間の入口に立ったまま動かなかった。

「先生っていうのは？」

と、照夫が訊いた。

「大宮司先生です。美沙様のお父様です」

「ああ、そうか。この近くに住んでいるの？」

「はい。車で十五分ほどの所です」

「ここには顔を出さないのかな」

「滅多においでになりません。ここはお嬢様の私室みたいなものですから」

「なるほど」

大きな私室というわけだ。

「何か飲物をお作りしましょうか」

「そうだね。水割りをもらおうか」

「はい」

波子が、ホームバーのほうへ歩いて行く。照夫は、じっとその様子を眺めていた。

「――どうぞ」

波子がグラスを手渡す。

「ありがとう」

照夫は礼を言ってグラスに口をつけた。

「さっき、ここへ入って来たとき——」

と波子が言った。「TVにお客様の顔が出ていましたね」

波子は出ていった。

照夫は、ゆっくりとグラスを手の中で揺らした。

「ああ、全く面倒ったらありゃしない！」

と、ブツブツ言いながら、美沙が戻って来た。

「どうしたんだい？」

「急に叔母《おば》が来たんですって。私に会いたがってるって言うから、ちょっと行って来なきゃいけないの」

「他のお客はどうするんだい？」

「帰すわ」

と、美沙はあっさり言った。「勝手に荒らされちゃかなわないもの」

その言葉は、気まぐれな金持の令嬢には相応《ふさわ》しくないものだった。美沙はチラリと照夫のほうを見た。そしてクスっと笑うと、

「正直に言うわ。あなたを他の女に誘惑されたくないの」

と言った。

「こんな風来坊のどこがいいんだ？」

「さあどこかしら」

美沙は立ち上がると、照夫の手を取った。

「調べさせてくれる？」

「お父さんの所へ行くんじゃないのかい？」

「十五分くらいならどうってことないわ」

美沙はぐいぐいと照夫の手を引いて、居間を出ると、階段を二階へ上がって行った。


その夜から、別荘は急に静かになった。

ブツブツいうものもいたが、結局、美沙のご機嫌を損ねると、もう二度とここへは招待してもらえないと分っているのだろう。渋々夕方までには別荘を出て行った。

「俺は別だよ」

早く出て下さい、と催促する波子に向かって怒鳴っていたのは、美沙の恋人を自認している沼田という男だった。

「でも、どの方も、というお言いつけですから――」

と波子が言うと、

「あいつはどうなんだ？」

と、ちょうど部屋を出て来た照夫を指さして、「まるで出て行く仕度をしてないじゃないか！」

「あの方は別なんです」

「別？　別っていうなら俺が別だ。聞き間違えたんだよ」

「それじゃ、お嬢様にお電話なさってみて下さい」

「いいとも、そっちが怒鳴られても知らないぜ」

父の家へ行っている美沙へ電話した沼田は青ざめた顔で受話器を置いた。

――こうして、広い別荘に残ったのは、照夫と、波子の二人だけだった。

「――一緒に食べないか」

自分の部屋のテーブルで一人、食事をしていた照夫は、そばに立っている波子へ声をかけた。

「でも、お嬢様が……」

「いいじゃないか。遅くなるんだろう？　一人じゃ食べててちっとも旨《うま》くないよ」

「私も追い出されてしまいますわ」

照夫は、仕方なく一人での食事を続けた。

この女、何を考えているのだろう？――あの、TVのモンタージュ写真を、彼と気付いている。

それでいて、この広い別荘に二人きりになって、恐ろしくないのだろうか。

「さっき、TVの顔写真がどうとか言ってたっけ」

と、照夫は言ってみた。

「ええ。お客様の顔が。――人殺しとか言っていましたね」

「そんなに俺に似ていたかい？」

「そっくりでした」

照夫は夕食を終えると、息をついた。一人だと食事も早い。

「それならなぜ警察へ届けないんだ？」

波子は、ふっと微笑んだ。——一瞬、照夫は、それが、あの今日子とは全く別人の笑いのように思えて、ギクリとした。

「私も、もしかしたら人殺しかもしれませんもの」

と、波子は言った。「そうでしょう？　自分がどんな人間かも分らないのに、警察へなど行けません。——お下げしてよろしいですか」

「ああ、結構だ。旨かったよ。君が誰だとしても、ともかく料理の腕は悪くなかっただろうね」

「コーヒーをお持ちします」

「頼むよ」

波子は、盆を手に部屋を出て行きかけた。照夫はさりげなく、

「今日子」

と呼びかけた。

波子は、そのままドアを開けて、廊下へ出ると、ドアを閉めようとして、

「——今、何かおっしゃいまして？」

と訊《き》いた。

「いや、独り言だよ」

ドアが閉まった。

どうすればいいか。――照夫にしては、珍しく、決断のつかないまま時が流れて行く。

波子は、彼が殺人犯として手配されていることを知っている。それでいて、警察へ知らせるでもなく、二人きりになって、怯《おび》えるでもない。

いかに照夫でも、どう対処して良いものやら、見当がつかないのである。

夜、十時頃、美沙から、うんざりした声で電話がかかって来た。

「今夜はそっちへ戻れそうもないの」

「分った。逃げやしないよ」

と、照夫は、なだめるように言った。

「せっかくあなたと親しくなれたのに……」

と、美沙は悔しそうだった。

「明日は戻って来られるんだろう?」

「ええ、叔母さんを殺してでもそっちへ戻るわ」

もちろん、美沙にそんなつもりはないにせよ、その言葉が妙にリアリティを持って迫って来る。

「ゆっくり休息しとくよ」

と、照夫は言った。

「それじゃ、明日ね」

美沙はせっかちに受話器を置いた。照夫はゆっくり受話器を戻そうとして、カチリ、という小さな音を聞いた。

ふと、眉《まゆ》をひそめて、それから、部屋を出ると、足早に廊下を進んで行った。ドアの一つが開いて、波子が出て来る。

二人は、二、三メートルの間で向かい合った。

「今の電話を聞いたな」

「ええ」

波子は悪びれた風もなく、言った。

「なぜだ?」

「今夜、二人きりだということを、確かめたかったからです」

「二人きりならどうだっていうんだ?」

照夫は、一歩詰め寄った。だが、波子は、全くその場から動かず、ひるむ様子も見せなかった。

「ゆっくりお話ができるでしょ」

と、愉《たの》しげですらある。

そういえば、美沙が、あれほど他の女を照夫から遠ざけながら、この波子のことは全く気にしていないのも不思議だった。

波子とて女で――美沙や幸子と比べても、決して劣らぬ魅力の持主である。

今日子であったときには、どこか子供じみた、垢抜《あかぬ》けしないところがあったのだが、今の波子には、何か大きな体験をくぐり抜けて来た後の変貌《へんぼう》の跡があった。

どこが違う、と指摘できないまでも、それは明らかに違うのだった。

「何を話そうっていうんだ？」

「あなたの部屋で。――時間はあるわ」

波子が照夫の腕を取った。かつて、一度は妻として同じ腕を取ったことを、彼女は知っているのだろうか……。

照夫の部屋へ入ると、波子は、ベッドに腰をかけて、少し首をかしげ、照夫を眺めた。それは、今日子のよくやった仕草でもあった。

「あなたは、本当に人殺し？」

と波子は訊いた。

「もしそうだったら？」

波子は苛々《いらいら》と首を振った。

「そんな返事はやめて。誰も聞いちゃいないんだし、どこにも隠しマイクはないわ。本当のことを教えて」

照夫はゆっくりと波子のほうへ近付いて行った。両手をおもむろに波子の肩へかける。

「――本当のことが分ったときは、生きちゃいないかもしれないぜ」

波子の目に怯えの色はなかった。真直ぐに照夫の目を見返している。

「殺す気はないわ。そうでしょ？」

照夫の指に少し力が入った。波子は表情一つ変えない。

「OK」

照夫は手を離した。「いい度胸だ。俺は女を殺して逃げている。男も殺した。――それで？」

「お嬢さんはあなたに夢中よ」

「そんなことは珍しくもないぜ」

「そうでしょうね。でも――億という財産家の一人娘に惚《ほ》れられるって、そうそうあることでもないいんじゃなくて？」

照夫は、椅子に腰をかけて、今日子を――いや、波子を見つめた。

そこには、今日子にはなかった〈女〉の顔があった。記憶を失ったことで、今日子は、仮に波子と名付けられた一人の他の女になったのかもしれない。

「だから、どうだっていうんだ？」

と照夫は言った。

「もう二人も殺したのなら同じことでしょ。――お嬢さんを殺すのぐらい、どうということはないんじゃなくて？」

と、波子は微笑みながら言った。

第五章　野望の計画書

1

「畜生！　人を馬鹿にしやがって！」

投げつけられたグラスが壁に派手な音をたてて砕けた。

「キャッ！」

布子《きぬこ》が悲鳴を上げて身をすくめた。「やめてよ！　ガラスの割れる音って怖いのよ」

石井《いしい》布子。大宮司美沙の友人で、美沙の別荘から追い立てを食った一人である。

「気が済まねえよ、畜生め！」

ベッドの上に、上半身裸で寝転がって、八つ当り気味なのは、沼田文明である。美沙の恋人を自認していたのに、あの池上照夫という男が来たとたん、追ん出されてしまった。

嫉妬《しっと》と、屈辱で気が狂わんばかりだったのである。

「そんなに美沙のことが忘れられないの」

布子は、ウイキスーをぐっと飲んで、息を吐き出した。

「そのくせ、私をこんなモテルに連れ込むんだから……」

布子は裸体に、男物のパジャマの上だけをはおっていた。ベッドに腰かけると、

「もう諦《あきら》めなさいよ。美沙なんて美人だけど気性が激しくって、疲れるばっかりじゃないの」

沼田の裸の胸に頭をのせて、「私のほうがずっと忠実よ」

「やめろよ」

「ねえ、もう一度抱いて」

「やめろってんだよ！」

と、沼田が大声で怒鳴った。

「分ったわよ！」

布子も眉を吊《つ》り上げて、言い返した。「何よ、プレーボーイぶっちゃって！　うぬぼれてるほどにゃもてないくせして、いい気味だわ！」

「何だと、この野郎――」

と、沼田が起き上がる。

「弱い犬ほどよく吠《ほ》えるってね」

ベエ、と舌を出して、布子はパジャマを脱ぎ捨てて全裸になると、シャワーを浴びに、浴室へ入って行った。

沼田はタバコをくわえて、ライターで火を点《つ》けた。――美沙に、いわば〈お払い箱〉にされてしまった腹いせに、布子を強引にこのモテルへ連れ込んだのだが、なまじ中途半端に欲望を

燃え上がらせたのが間違いで、却《かえ》って苛立《いらだ》ちがつのるばかりである。

「あの野郎、今に見てろ……」

ブツブツと呟《つぶや》きながら、その実、喧嘩《けんか》するほどの度胸もない。軟弱な金持の息子の典型なのである。布子に馬鹿にされるのも、当然といえば当然であった。

「――ねえ」

とバスルームから布子の声がした。「ちゃんと家まで送ってよ、ね?」

「分ったよ」

と、沼田は言った。

退屈しのぎに、TVが点けっ放しになっている。ニュースだった。

「アルコール入ってて、大丈夫?」

バスルームで、布子が言った。「捕まったらやばいでしょ」

答えるのも面倒で、沼田はTVを眺めていた。

「ねえ、私、まだ死にたくないからさ、あんまり飲まないでよ。ねえ」

返事がないので、布子はバスタオルを体に巻きつけて、出て来ると、

「何よ、返事ぐらいしてよ」

「うるせえな!」

沼田はベッドに起き上がって、TVを、食い入るように見つめていた。

「何か面白いのやってんの?――ニュースじゃない。他にないの?」

「触るな！」

「そんな大声を出さなくたって……」

「その写真だ！　おい、見ろよ！」

「え？」

布子がブラウン管を見たとき、ちょうど、一枚の顔写真が消えた。「——何なの？」

「今の顔、見たか？」

「見えなかったわよ」

「このウスノロ！」

「何よ、その言い方……」

布子がプッとふくれる。

「おい、新聞ねえか」

沼田はベッドから勢い良く飛び出して来た。

「そんなもん、あるわけないじゃない」

「フロントに行って、買って来い」

「勝手に行ってらっしゃいな」

「買って来いよ。面白いものを見せてやるぜ」

沼田は、素っ裸になるとバスルームへ入って行った。シャワーの流れる音がする。

「ちょっとイカレちゃったんと違うの？」

と、布子が呟いた。

沼田がバスルームから出て来ると、布子がまだバスタオル一つで、ベッドに寝そべって新聞を開いていた。

「その格好で買いに行ったのか？」

「電話したら、持って来てくれたのよ。何も面白いことなんか出てないじゃないの」

「貸せ」

沼田がひったくるように新聞を取って、乱暴にめくる。

「——これだ。見ろよ、この写真。誰かに似てねえか？」

「ええ？　これ？——別に、分んないけど……」

「お前の目、どこについてんだ？　これはあの野郎だぞ。池上照夫って奴だ」

「それが？」

布子は、もう一度写真を見直して、「うーん、そう言われてみると似てるかなあ。でも、違うような気もするし……」

と首をかしげる。

「いや、あいつだ。人殺しだぞ！　木村久夫か」

「名前、違うじゃないの」

「当り前じゃないか。これだって偽名だと書いてあるぜ」

「そんな人が、美沙の客なんかになる？」

「分るもんか。美沙の奴、変ってるからな」

「で、どうしようっていうのよ？」

布子は大して関心のない様子。「一一〇番するのなら、私を家まで送ってからにしてね。面倒なこと、いやよ」

「あいつが捕まるとこ、見たくないのか？」

「私、別に美沙に振られたわけじゃないもの」

と、布子はバスタオルを取って投げ出すと、服を着ながら、「あなたも、密告するのはいいけど、もし人違いだったらどうなると思う？」

と愉快そうに言った。

「何だと？」

「美沙とは二度と会えないでしょうね、きっと」

沼田は、布子の言葉に、ちょっと顔をしかめた。それはその通りだろう。美沙の性格から考えて、そんなことになったら、ただでは済むまい。

沼田は、手配写真ののった新聞をベッドに広げて置いたまま、それを眺めながら、服を着た。

確かに、それは池上照夫の顔に、沼田には見えた。しかし、一方では、慎重な——というより小心な——沼田としては、取り返しのつかないしくじりはやりたくないのである。

「——何を考えてるの？」

と、先に服を着終えた布子が訊《き》いた。

「うるせえな。証拠を見せりゃいいわけだろ！」

「証拠か。でも、どうやって見つけるのよ？」

「見てろ。――記事に出てるぞ。『殺人現場に残された指紋から判明した』ってな。つまり、奴の指紋を採って、それが、この写真の奴と一致すりゃいいんだろう」

「そりゃそうね」

「よし。あいつの使った物――グラスとか、カップとか、何か一つ、手に入れりゃいいんだ。おい、手伝えよ」

「いやだって言ってるじゃないの」

「俺が行ったんじゃ、奴が変に思うかもしれない。お前なら大丈夫さ。な、やってくれよ」

「自分でやんなさいよ。私、面倒はいやなの」

布子は頑として受け付けない。

「ちえっ、勝手にしろ！」

沼田は言い捨てると、さっさと部屋を出て行こうとする。

「待ってよ！　家まで――」

「自分で帰れよ」

と、言い捨てて、沼田は部屋を出て行ってしまった。

「もう、この……」

頭に来て布子は、手近にあった椅子を引っくり返して、

「事故でも起こして、死んじまえ！」

と怒鳴った。

沼田は、美沙の別荘の少し手前で、車を降りた。

午前三時である。美沙は帰っているのだろうか？

帰って、あの池上照夫とベッドを共にしているとしても、もう眠っている時分だ。別荘が見える所まで来ると、沼田は、車寄せに入る砂利道のわきの茂みに身を隠して、様子を窺《うかが》った。

別荘の二階の窓は全部、明りが消えている。一階のほうは、夜通し、点《つ》けてある明りもあるので分りにくいのだが、広い居間などは暗くなっているようだ。

ここまで来てみたものの、沼田はどうやれば、あの池上照夫の指紋のついたグラスを手に入れられるか、まるで考えはなかったのである。大体が、無計画な男なのだ。

ともかく、台所のほうへ回ってみよう、と思った。そう考えつくまでに、たっぷり五分はかかっている。

建物の周囲を回って、裏手の、台所へのドアの辺りまで来ると、沼田は足を止めた。台所には明りが点いていた。そして、水の音が聞こえている。

茶碗《ちゃわん》を洗っている音。カチャカチャと、皿やカップの触れ合う音がしていた。

そうだ、あの女——波子とかいった。ちょっと小生意気だが、言うことはよく聞く娘《こ》だ。あいつを使おう。あいつなら、池上の使ったカップやグラスが簡単に手に入るだろう。

沼田は、カーテンの引かれた窓へ近寄って、そっとガラスを叩《たた》いた。——水音で聞こえないのか、一向に気付く様子はない。

沼田は、少し力を入れて、もう一度、叩いた。水道が止った。しばらく間があった。

「誰かいるの？」

波子の声が、窓の近くへ来ていた。

「沼田だよ——沼田」

カーテンが少し開いて、波子の顔が覗《のぞ》く。

「開けてくれ」

と、口を大きくあけて言った。

波子の姿が消える。そして、すぐに、勝手口のドアが開く音がした。

「起きててくれて助かったよ」

台所へ入り込むと、沼田は言った。

「何かお忘れ物ですか？」

「ちょっと頼みがあるんだ」

と、沼田は言った。「美沙は帰ったのかい？」

「いいえ、今夜はお帰りになりませんでしたけど」

「じゃ、池上は一人で寝てるのかね？」

「そうです」

「ちょうどいいや」

沼田はニヤリと笑った。

「何がです？」

「なあ、ちょっとお願いなんだけど、あの池上の奴が使ったカップとか、グラスはないか？」

「どうなさるんですか？」

と波子はびっくりした顔で訊く。

「実はね、あいつ、逃亡中の殺人犯らしいんだ」

「まさか！」

「いや、本当さ。だから、指紋が欲しいんだ。絶対の証拠になるからな……」

「でも……ほとんど洗ってしまいましたけど……」

「何かない？　ライターとか……。はっきり指紋がつくような物なら、何でもいいんだけど」

波子は少し考えていたが、

「──今、たぶん部屋にコーヒーのカップが置いてあると思います」

「それがいい！　頼むよ、持って来てくれ」

「ちょっとお待ちになっていて下さい」

「ああ、ここにいる。──あ、ちょっと」

と、行きかけた波子を呼び止め、「これ取っといて」

と、一万円札を一枚、渡す。さんざん、いくらやるか迷った挙句である。

「困ります、こんなことをされては——」

「いいからさ、取っとけよ」

波子は、それを手の中に入れると、

「じゃ、少し時間がかかります」

と言って、出て行った。

沼田は、ホッと息をついて、手近な椅子に腰かけた。


明りがつくと、照夫は目を細くこじ開けた。

「何だ……」

と、ドアのほうへ顔を向ける。

「起きて」

と、波子がむだのない口調で言った。

「どうしたんだ？」

照夫は大欠伸《あくび》をした。

波子が、一万円札を、照夫の目の前に差し出した。

「小遣いでもくれるのかい？」

「下に沼田が来ているわ」

「沼田？」

　と、照夫は首をひねった。「ああ、美沙さんに振られた男か。何の用だ？」

「あなたの指紋よ」

　照夫は起き上がった。

「指紋？」

「ええ。怪しんでるわ。あなたの使った物が欲しいって」

　照夫は頭を振って、眠気を振り払った。

「そうか。あの男がね」

「――どうする？」

　と、波子は訊《き》いた。

「別のカップを渡す？　そうしたら、沼田も人違いだったと思うわ」

「だが、顔が似ていることには気付いている。人にも言いふらすだろう」

「それじゃ……」

　照夫は、波子を見上げた。――これが一つの機会になるかもしれない。波子の真意を確かめられる。

「やるか」

　と、照夫は言った。

　沼田は、苛々《いらいら》しながら、台所で待っていた。――たかがカップ一つ取って来るぐらいで、何をやってやがるんだ、あの女は。

「のろくさい奴だな」

口に出して呟《つぶや》いたとたん、

「遅くなりました」

と、波子が入って来て、沼田は、あわてて口をつぐんだ。

「――これですわ」

と、波子はカップを盆の上にのせたまま差し出す。

「よし、ちょっと待て」

沼田はＴＶの刑事物ぐらいは見ているのである。ハンカチを出すと、それでカップをくるんで、

「ご苦労だったな」

と言った。「気付かれなかったかい？」

「大丈夫だったと思います」

と波子は不安げな顔で、「でも……もし気付かれてたら、私、殺されるかも――」

「大丈夫さ。何なら、一緒に来るか？」

上機嫌になった沼田は、波子を誘った。

「そうしていただければ安心です！」

「よし、じゃ行こう」

と、沼田が促す。

二人は、台所の出口から、建物の裏手に出た。

「静かに、静かに」

と、沼田は声を低くして、「ああいう奴は目ざといもんだ。あんまり音をたてないで」

「はい」

建物の正面へ回ると、二人は足を速めた。

「――よし、もう大丈夫」

と、沼田は息を吐き出した。「ここまで来りゃ、安心だ」

「車は？」

「この少し先だよ」

「でも――あの人、本当に殺人犯なんですか？」

「写真はそっくりだった。まず間違いない。それに木村とかいう男が行方をくらましたのと、あいつが、別荘へ来たのが、時間的にも一致する」

「頭がいいんですね、沼田さんは」

「そうかな」

沼田はニヤつきながら、「ちょっとした注意力の問題さ」

と言った。

「お嬢様も、きっと感謝なさいますわ」

「そうだな」

別荘から叩《たた》き出されておきながら、まだ沼田は、もちろん美沙を諦《あきら》めてはいない。何しろ大宮司の一人娘である。

沼田は、この一件で、美沙が自分を見直してくれるだろう、と思った。そうなれば、美沙との結婚も夢ではない。

美沙の魅力ももちろんあったが、はっきり言えば、大宮司の財産が、沼田には魅力だった。美人は他にもいるが、金持の一人娘はそうざらにいない。

「――さあ、乗れよ」

沼田が、車のドアを開けた。

「すみません」

と、波子が、助手席に座る。「どこへ行くんですか?」

「もちろん警察さ」

沼田はエンジンキーをさし込んだ。

「ちょっと行先を変えてもらおうか」

後部座席から、照夫が顔を出した。沼田の顔が一瞬の内に青ざめた。

「こういう真似をするときは、もうちょっと用心しなきゃいけない」

と、照夫は言った。「遊びか何かのつもりらしいが、下手をすりゃ命にかかわるんだぜ。それぐらいの覚悟をして、万全の用心をして、それでやっと探偵ごっこをやるんだ。――分ったか?」

「ど、どうする気だ?」

沼田の体は小刻みに震えている。

「ちょっとドライブしようじゃないか」

照夫の手には、鈍く光った肉切り庖丁《ぼうちょう》が握られていた。その切っ先が、沼田の首筋に触れると、沼田は悲鳴を上げて首をすぼめた。

「やめてくれ!——頼むよ。何も言わない。警察へも行かないよ。頼む。やめて……」

「車を出せよ」

と、照夫は言った。

沼田は、震える手で、キーを回した。

2

朝、八時。

海の匂いを重たく含んだ風が、車の開け放した窓から流れ込んで来る。よく晴れて、爽《さわ》やかな朝だった。

美沙は、自分のフォルクスワーゲンを運転して、父の家から、別荘へ戻る途中だった。

崖《がけ》の上の自動車道路は、カーブもゆるやかで、思い切り飛ばしても危険のない、美沙のお気に入りの道だった。

波の音が耳元をかすめて、遠い海の上に、カモメが舞っているのが見える。海は、遠くが碧《あお》く、近くへ来るほど、白みがかった灰色に微妙にトーンを変えていた。

朝――といっても、もう八時なのだから、普通の人間にとっては、決して早くはない。しかし、大宮司美沙にとっては、驚くべき早朝である。

七時頃に起き出して、勝手に朝食を取っている美沙を、たまたま起きて来た父が見て目を丸くした。

「どうした？　具合でも悪いのか？」

「それが医者のセリフ？」

と、美沙は笑いながら言い返してやった。

しかし――実際、我ながら不思議である。一刻も早く、別荘へ戻りたい。池上照夫に会いたいのである。

こんな気持になったのは、初めてだ。

あの沼田を初め、男は何人も知っている。しかし、照夫は、その誰とも違っていた。驚くほどに、別世界の人間である。

常にさめているつもりの美沙としては、自分がこんなにも、一人の男のために夢中になって何かをすることがあるとは、信じられなかった。

あの男に恋している。それを美沙は素直に認めた。そこまで自分を偽る気はない。

確かに、照夫は金持でもないし、身許《みもと》すらあやふやである。一種、危険な男の持つ魅力が、彼には具《そな》わっている。

しかし、美沙は、そんなことに一向に頓着《とんじゃく》しない。危なくない恋など、何の意味があるだろう。それぐらいなら、いっそ写真だけで見合いでもして結婚してしまったほうがましだ。

結婚？――私は、照夫と結婚したがっているのだろうか？

美沙は考えた。もし、彼がそう望めば、おそらく……。

父は別に反対しないだろう。もとより、病院の後継ぎを、美沙の夫にという考えは捨て去っている。何と言っても、言うことを聞く美沙でないことを承知しているからだ。

その気になれば、照夫を、病院の、どんな地位にでもつけられる。名目だけだっていい。そうすれば……。

美沙はブレーキを踏んだ。車は速度を落として、停止した。

「今のは……」

と呟《つぶや》きながら、車をバックさせて行く。

もう、大分走って来てしまっていたが、海側の、崖に面したガードレールが、一箇所ちぎれているのが、目に入ったのである。

あれは――以前にはそんなことはなかったはずだ。

美沙は車を停めて、降りた。

ガードレールが、アメか何かのように、ねじれながら、引きちぎられている。真新しい。

美沙は、少しわきへ回って、崖の下を、覗《のぞ》き込んだ。白い波が、岩をかんでいる。

その波に洗われながら、車が仰向《あおむ》けに横たわっていた。その内に、波に動かされて、沈んでしまうかもしれない。

　こんな安全な道で墜落じゃ、同情もできないわ、と美沙は思った。

　しかし、放って行ってしまうわけにも行かなかった。もう別荘のほうが近い。美沙は、車に戻ると、別荘へ向かって車を走らせた。

「——まあ、お嬢様」

　ドアを開けた波子が、ちょっと驚いたように、「お早いですね」

「警察へ電話して」

「え？」

「警察よ」

　と言いながら、美沙は階段を上って行く。

「何と言えば？」

「ここへ来る途中の崖の道から、車が一台海へ落ちてる、って言ってやって」

　そう言って、美沙は二階へ上がった。

　ドアをノックすると、

「入れよ」

　と、すぐに返事があった。

「早起きね」

　と、美沙が入って行くと、鏡の前でヒゲを剃《そ》っていた照夫が目を丸くした。

「何だ、君か。驚いたな」

「早いでしょ」

「叔母《おば》さんはどうした？」

「帰ったわ。——というか、今日帰るの」

「いいのかい？」

「構やしないわよ」

美沙は、ベッドのカバーをめくった。

「何してるんだ？」

「女の匂いが残ってないかと思って」

「よせよ、やきもちやきの女房みたいだぜ」

と照夫は笑った。

「そうよ。私は独占欲が強いの」

美沙は、照夫に後ろから抱きついた。

「おい、切っちまうよ」

と照夫は笑いながら言った。

「じゃ待ってるわ」

美沙はベッドに、ゴロリと横になった。

「——来る途中で、車が落っこちてたわ」

「どこに?」

「崖の下」

「へえ」

「警察へ電話させたわ。波子に」

もちろん、その車は、沼田のものであり、沼田ごと海に落ちたのだが、それを発見したのが美沙で、警察へ通報するのが波子なのだから、奇妙なものだ、と照夫は思った。

「ねえ、今、抱いてくれる?」

と美沙は言った。


「沼田君?」

布子からの電話に出た美沙は、「知らないわよ。ここにはいないわ」

と答えた。

「そう……。昨日モテルに行ったの。二人でね」

「へえ、それはお楽しみね」

「それなのに、置いてきぼりなのよ。ひどいわ、あの人」

「そう。でも——」

「でも、ここへは来てないわよ」

と言いかけて布子がためらう。

「ここへ来ると言ってたの？」

「いえ――そういうわけじゃないの。ただ、そう思っただけ」

「もう家へ帰ったの？」

「うん。仕方がないからタクシーで」

「今度、沼田君から倍にして取り立ててやりなさいよ」

と美沙は笑った。

ベッドの中。――隣には裸の照夫がまどろんでいる。

「ね、美沙」

「何？」

「あの人……池上照夫っていう人、まだいるの、そこに？」

「ええ。――いるわよ。どうして？」

「別に……。じゃ、またね」

「バイバイ」

美沙は手を伸ばして、受話器を戻した。

ドアがノックされて、波子が、外から声をかけて来た。

「お嬢様。警察の方です」

「私に用？」

「はい。下でお待ちです」

てね」

美沙は面倒くさそうに言った。「じゃ、待たせておいて。それからコーヒーを濃くして作っ

「分ったわ」

「かしこまりました」

美沙がシャワーを浴びて、バスタオルで体を拭《ぬぐ》いながら出て来ると、照夫が、ベッドに起き上がっていた。

「おはよう」

と、美沙が微笑みかける。

「一日に二度『おはよう』か。それも悪くないな」

「警察ですって。車のことかしら」

「そのまま行くと軽犯罪法違反で逮捕されるぞ」

と照夫は笑った。

美沙が、ラフなジーパンスタイルで居間へ入って行くと、地元の警察の人間で、見たことのある男が立っていた。

「座っていらっしゃればいいのに」

「どうも、お嬢さん、お休みのところ、恐れ入ります」

と、刑事は頭を下げた。

大宮司といえば、この一帯では名士である。

「何のご用ですか？」

「実は今朝、車が崖《がけ》から落ちていると通報いただいて——」

「ええ。通りがかりに見て。誰か中に？」

「それが……この人なのですが」

刑事が、折れ曲がった運転免許証を取り出した。美沙はそれを見て、ちょっと目を見開いた。

「沼田君だわ」

「確かお嬢さんのご存じの方だと——」

「ええ。この別荘にもよく遊びに来てました。まあ、ちょっと無茶な運転をする人だったから……」

「そうですか。昨夜はここに？」

「いいえ。昨日、ここから引き上げて行きました」

「そうでしたか、何時頃でした？」

「夕方。——割合早くでしたわ」

「ではここから直接あの道へ向かったのではないようですな」

「布子とモテルにいたようです」

「ほう。それは誰です？」

「私の友人です」

刑事は布子の住所と名前をメモした。

「——でも、何を調べてるんですの？　ただの事故でしょう？」

「ええ、まあ十中八九はそうだと思うのですがね」

と刑事は曖昧《あいまい》に言った。

「事故でないという可能性も？」

「全くブレーキや急ハンドルの跡がないのですよ。それで、ちょっとおかしい、ということになりまして。——自殺するようなことは？」

美沙は軽く笑った。

「あの人が？　そんなことありっこないわ」

「それなら事故でしょう。いや、どうもお邪魔しました」

刑事は何度も頭を下げて、帰って行った。まるでセールスマンか何かのようだ。

「お嬢様。昼に何かお食べになりますか」

と、波子が声をかけた。

「そうね。何か軽く」

「かしこまりました」

と、歩き出すと、

「ね、ゆうべ……」

と、美沙が言いかけた。

「はい。——何でしょう？」

「別に、何でもないわ」

美沙は足早に居間を出て、二階へと上がって行った。

「あれはまだよ」

「葬式？」

と、照夫は訊《き》いた。「ああ、あの沼田とかいう男の？」

と、黒い服に身を包んだ美沙は微笑んだ。

「冷たい人ね。もう忘れたの。野田幸子さんを」

「そうか。――あの殺された亭主の葬式か」

「ええ。一応、幸子さんとは長い付き合いだから」

「葬儀は東京なんだろう？」

「そうよ。でも夜には戻れると思うわ。少し遅くなっても」

喪服もなかなか悪くない、と照夫は美沙を眺めて思った。黒服が似合うのは本当に美人なのだという俗説を、つい信じたくなる。

「帰って来ないと心配だわ」

と、美沙は照夫に近寄ってキスした。

「逃げやしないよ」

ベッドの中で、照夫は伸びをした。

「眠ったら？　まだ九時よ。私はもう行かないと。——このところ健康優良児だわ」

ドアがノックされて、波子が顔を出した。

「お嬢様。お車です」

「今行くわ。——じゃ、今夜」

美沙は、波子の目など一向に気にする風でもなく、照夫にキスすると、部屋を出た。

階段を降りながら、

「誰か友達が訪ねて来ても、中へ入れないでね」

と、美沙は言った。

「分りました」

「それから」

足を止めて、ついて来る波子を振り返り、

「あなたも、彼を誘惑しないでね」

と言った。

「ご冗談ばっかり」

と、波子は笑った。

少し間を置いて、美沙も笑った。

車に乗り込んだ美沙の顔から、笑いが消えて、遠ざかって行く別荘のほうを振り向く。

「お忘れ物ですか？」

運転手が訊いた。

「いいえ。――別にそういうわけじゃないの。やってちょうだい」

美沙は、座席に座り直した。

東京に着いたのは、もう昼近くだった。途中、ホテルで食事を取って、一時からの告別式へ向かう。

美沙は、野田に会ったことがない。四十歳すぎで、部長というから、エリートだったのだろう。幸子との結婚も、かなり政略的なものらしい。

大企業のエリート。――美沙は、医者を父に持っているせいか、そういう手合に、一向に興味をひかれなかった。

どんなに昇りつめても、しょせんは使用人にすぎない。それよりは、たとえ安定した生活が保障されていなくとも、冒険する男のほうに魅力を感じた。

やはり大企業の部長ともなると大したものらしく、車が列を成して、弔問客もかなりの数だった。

「あ、美沙さん」

幸子が、美沙に気付いて、頭を下げた。

こんなときは、妙にかしこまってしまう。まさか、告別式の最中に、それも未亡人がペラペラとしゃべり出すわけにもいかないだろうが。

美沙は、幸子が、いかにも悲嘆にくれた様子なのを見て、驚いた。あれほど、放ったらかし、裏切り続けた夫なのに。

別に、演技とも見えない。

焼香して、表へ出る。出棺まで見送るつもりだが、あまり遅くなるようなら、帰ってしまおうと思った。

門の辺りに、何人かの弔問客が立ち話をしている。

美沙はそのそばに、ぼんやりと立っていた。

「失礼します」

男の声に、振り向いた。どう見ても弔問客ではない。コートをちょっとだらしなくはおって、くたびれた感じの男だ。

「はい？」

「大宮司美沙さんですね」

「そうですけど……」

「警察の者です」

と、男は手帳を覗《のぞ》かせた。

どうも警察に縁があるわ、と美沙は思った。

「何でしょうか」

「野田さんとは親しくしていらっしゃいますね」

「はい」

「実は――」

言いかけて、ちょっと周囲の弔問客を気にした様子。

「こちらへ……」

と、軽く美沙の腕を取って、門の外へと連れ出した。

「いや申し訳ありません、どうも」

と、刑事は頭をかいた。「あまり人に聞かれたくないものですから」

「幸子さんのことで……？」

「ちょっと耳にしたのですが、幸子さんは、異性関係が大分派手なようですね」

異性関係、とはまた、お役所らしい言い方である。

「美人ですから、彼女。それにご主人とは年齢も違うし」

と、美沙は軽く言った。

「なるほど」

「それがどうかしまして？　野田さんは泥棒に殺されたんでしょう？」

「ええ。――おそらく」

「というと……計画的な殺人という可能性もあるんですか」

「いや、そういうわけでもありません。ただ……」

と言いかけて、刑事は、ちょっと照れたように笑った。

「まあ、嘘をついていては、そちらにも本当のことを話していただけないでしょう。――その可能性がないでもないと思っているんです」

「つまり……幸子さんが、恋人の男性と共謀して、とか?」

「ご友人のことですから答えにくいでしょうが、どう思われます?」

美沙は微笑んだ。

「考えられません。だってそうでしょ? ご主人に隠れて恋人を作っていたのならともかく、ご主人は彼女に恋人がいるのを、よく知っていました。それがずっとここ何年も続いていたんです。今さら、彼女がご主人を殺す理由がありません」

「男に惚《ほ》れて結婚したくなったとしたら?」

「幸子さんは結婚なんかにこだわる人じゃありません。相手の男性も、いつもそうですわ」

「なるほど」

刑事は二、三度くり返し肯《うなず》いて、「どうも、お金持の方は、我々とは大分感覚が違っているようだ。――幸子さんは、ご主人が殺されたとき、あなたの別荘にいらしたんですね」

「そうです」

「そのときにも、誰か恋人が?」

美沙は肩をすくめた。

「男性は何人かいました。でも、誰と寝たかは知りませんわ」

「フム……」

刑事は、いささか美沙に呑《の》まれた格好である。「誰か特定の恋人は?」

「いなかったと思います」

「そうですか。いや、どうもありがとうございました」

刑事は軽く一礼して歩いて行った。

美沙は前庭へ戻った。そろそろ棺が出て来るらしい。

幸子が、美沙を見付けてやって来た。

「美沙さん、遠くまでどうも……」

「そんなことといいのよ。大丈夫？　何か私にできることがあったら……」

「いいえ、私は大丈夫。俊也もいるし」

「そうね。大変だったわね」

「不思議なものね」

と、幸子は言った。「いつ離婚したって平気だったろうけど、死なれてしまうと、何だかショックなの」

「それはそうよ」

「──すぐ帰る？」

「どっちでも……」

と、美沙はためらった。

「よかったら火葬場までついて来てくれない？　それとも、ここで待っててくれても」

と幸子は言った。「もし忙しいならいいけど」

「構わないわよ」

と、美沙は言った。

もちろん、帰りが遅くなるのは嬉《うれ》しくなかった。しかし、幸子は友人だ。放って帰るわけにもいかない。

それに、一つには、幸子が照夫を連れて来てくれたのだという意識が、美沙にはある。幸子に感謝しなくてはならないし、同時に、今、幸子が照夫のことをどう思っているのかも知りたい。

夫を亡くして、幸子が、また照夫に執着《しゅうじゃく》しようとすれば、美沙は争わねばならなかった。

「じゃ、ここにいるわ、私」

と美沙は言った。「火葬場には、ご親戚《しんせき》の方ばかりが行かれるんでしょう」

「ええ。あなたには気づまりね、きっと。じゃ、待っていてくれるわね?」

「いいわよ」

「ありがとう」

幸子が、美沙の手を握った。美沙はちょっと驚いた。幸子がそんなことをしたのは初めてだったからだ。

本当に、幸子は参っているらしかった。美沙には、その心理が理解できなかった……。

車の列が遠ざかると、弔問客の姿も消えて行った。

一台の車だけが、残っている。——刑事が乗った車だった。

美沙の車は邸内に入っていたのである。

刑事は、大宮司美沙が、帰る様子もなく、野田の家へ入って行くのを、車の中から見ていた。

全く、金持の世界というやつは、一般庶民とはまるで考え方も、行動の基準も違うものらしい。——あの大宮司美沙という娘にしても、果して本当のことを言っているのかどうか。

もし、幸子が愛人と共謀して夫を殺したとしても、そしてそれを大宮司美沙が知っていたとしても、総《すべ》ては「金持の世界」の出来事として、葬り去られるかもしれない。

刑事の名は東風《こち》といった。変った名で、その名の通り変っていた。専ら自分の勘を頼りに進む、古風なタイプの刑事で、一向に出世もしなかったが、本人は少しも苦にしていない。

東風は、大宮司美沙の言葉に、どこか割り切れないものを感じていた。——ここで諦《あきら》めるのは、東風の変り者の名を裏切ることである。

野田幸子と大宮司美沙。——あの二人をマークしてみよう、と東風は思った。


「——帰りは夜中だね、それじゃ」

と、照夫は、美沙からの電話に、時計を見上げて言った。

「そうね。一時頃にはなると思うわ。待っててくれる？」

「そんなに早寝の習慣はないからな」

「それもそうね」

と、美沙が笑った。

ど」

「幸子さん？　今のところはね。——いつ、あなたのこと言い出すかな、と思ってるんだけ
「言いやしないさ。きっともう、いい母親になるぜ」

「そうかしら。私も、彼女とあなたを奪い合いたくないわ」

「光栄だな。飽きられなきゃいいが」

「じゃ、後でね」

美沙の電話が切れると、少し間を置いて、プッという音がした。波子が聞いていたのだ。

玄関にチャイムの鳴る音がした。——波子が居間から出て来ると、ちょっと照夫のほうへ笑いかけて、玄関へ行った。

「どなた？」

「布子よ」

と声が返って来る。

「あら……」

波子がドアを開けると、布子が、ちょっと落ち着きのない様子で入って来る。

「どうなさったんですか？」

「あの——美沙は？」

「野田様のお葬式で、東京のほうに」

「野田？」

「野田幸子様です。ここにいらしていた……」

「ああ、泥棒に殺されたんだっけ」

「そんなお話でしたが」

「今夜は帰って来ないの？」

「夜中には帰られる予定です」

「待っててもいいかしら？」

「申し訳ありませんが、お嬢様から、どなたも入れるなと……」

「美沙らしいわ」

　と、布子は肩をすくめた。「あら、今晩は」

　ちょうど、照夫が出て来て、顔を合わせたのだった。

　照夫は、ちょっと会釈しただけで、居間へ姿を消した。

「──あの人に、美沙が熱上げてるの？」

　と、布子は言った。

「そのようですね」

　と、波子は言った。「そういえば、沼田様はお気の毒でした」

「ああ、あんなの自業自得だわ」

　と、布子は手を振って、「それじゃ、明日でも電話してみるわ。そう美沙に言っといてくれる？」

「かしこまりました」

波子は頭を下げた。

布子は、別荘を出ると、少し歩いてから、振り向いた。

沼田は、ここへ来たはずだ。あのとき、ここへ来たはずなのだ。そして何があったのか？

照夫が、あの新聞の写真と同じ人間かどうか、布子には見分けがつかなかったが、しかし、沼田は同じ男だと信じていた。

沼田が車ごと崖《がけ》から落ちたのが、事故かどうか、布子には分らない。沼田は、確かにそんなことをやりかねない男だからである。

しかし、布子でもおかしいと思ったことがある。あのモテルから、この別荘まで来るのにあの道は通らないのだ。

そして、この別荘から、沼田が帰宅したとして、やはり海岸の道は遠回りなのである。

するとどういうことになるのだろう？

布子は、そっと、別荘の建物のわきを回ってみた。

明りの洩《も》れるバルコニーを見上げていると、中で二つの人影が動いた。

別荘にいるのは、波子と、あの池上照夫の二人きりのはずだ。あの二人が、何の話をしているのだろう？

布子は、面倒くさがり屋だが、好奇心は人並に持ち合せている。

その部屋は、ちょうど居間の真上にあって、テラスの上にバルコニーがせり出している。

布子は、いつだったか、沼田が、ここから上によじ登って見せたのを思い出した。テラスの両側に、つたを絡ませた飾り格子があって、それがちょうど、つかまって登るのに、都合良く出来ているのだ。

ちょっと迷ったが、すぐに好奇心に負けて、布子はテラスへ歩いて行った。

よじ登るのは、見たほど楽ではなかったが、それでも、何とか二階のバルコニーに上がることができた。

「——無理じゃないかな」

池上照夫の声がしていた。少し戸が開いているのか、思いの他、よく声が聞こえる。

「彼女の家は名門だろう。いざ結婚となったら、あれこれ調べる」

「大丈夫よ」

と、馴《な》れ馴れしい口調で答えているのは、波子である。

布子は胸が高鳴るのを覚えた。盗み聞きというやつは、逆らい難い魅力を持っている。

布子はじっと耳を澄ました。

「大宮司先生は、娘の言うなりよ。心配ないわ」

「としても、娘が死ねば、やはり親だ、疑惑を持つかもしれない」

「それはあるわね」

と、波子は言った。

「いい手があるかい？」

「どうせ、お嬢さんが遺産を受け継いでいなくちゃ厄介なんだから、父親に先に死んでもらうのも一つの手じゃなくて？」

と、波子が言った。

バルコニーで、布子は足が震えて来るのを感じた。

第六章　密告者の葬送

1

「そんな気もしますけど……」

ホテルのドアボーイは、そう言って、考え込んだ。

大沢は、タバコをくゆらしながら待った。

——待つことには慣れっこである。そうでなくては、警視庁捜査一課の部長刑事はつとまらない。

そのドアボーイは、木村久夫のモンタージュ写真を、たっぷり一分以上見つめていた。

ホテルのロビーは、昼下がりの中途半端な時間のせいか、割合に閑散としている。どこかで子供が笑う声がした。呼び出しのアナウンスがドイツ語で流れる。

「——よく似てますね。でも、何しろほんのちょっとの間でしたから」

ドアボーイは大沢に写真を返した。

「そう特徴のある顔じゃないからな」

大沢は写真を受け取って、「しかし、確かでなくてもいいんだ。それらしい男というだけでも充分に手がかりになる」

「こういう仕事ですので、お客様の顔はよく憶《おぼ》えるんですが。あのとき、バスの前に飛び出した子供を命がけで助けた方がいたんです」

大沢は肯《うなず》いた。子供の命を救った。それはいかにも木村のような殺人犯には似つかわしくない行為に見える。

しかし、大沢の長い経験は、冷酷な殺人者が、同時に「生き仏」のような人格者でもありうることを教えていた。

「その男はここの客だったのか?」

「そうだと思います」

「何日前のことかはっきり分らないかね」

「それが……」

ドアボーイは顔にしわを寄せて考え込んだ。

「待って下さい。――あの後、ロビーで見ましたよ。そうだ。助けられた子供の母親が、その男の人を捜して、しばらくロビーにいましたからね。こっちも、あの方を見かけたら、教えてあげようと気を付けてたんです」

「で、その母親というのは、男に会ったのかな?」

「ええ、確か礼を言ってるのを見たような気がします。その後は分りませんが」

「その母親は泊り客だったのか？」

「いいえ。パーティか何かにいらしていたお客様です」

「よく分るな」

と、大沢は感心したように言った。

「クロークにコートをお預けになっていましたから。──そうか！　あの日だ」

と、ドアボーイは呟《つぶや》いた。

「思い出したのか？」

「パーティがいくつも重なった日でした。調べれば分ると思います」

大沢は心臓が鼓動を早めるのをじっと聞いていた。──こういう小さなきっかけから、総《すべ》てが明らかになるものなのだ。

その日付が分れば、その日泊った男一人の客をチェックできる。しかし、木村がその名で泊っていないのは当然だし、住所もでたらめだろう。そこから辿《たど》って行けるかどうかは分らない。

「その母親のほうは顔は分らないか」

「さあ、そこまでは……。盛装して来られると、皆さん、似たような感じになりますので……」

その女を見付け出せれば、もう少し何か分るかもしれない。パーティがいくつあったにせよ、その出席者を調べるのは難しくない。一人一人に電話で当ってみる。──いや、パーティに子供連れで来ていたのだから、そこで大分人数は絞れるはずだ。

「じゃ、その日付と、その日にあったパーティを教えてくれないか」

と大沢は言った。

「――すっかり引き止めちゃって、ごめんなさいね」

と、野田幸子は言った。

「いいのよ」

大宮司美沙は首を振って、「俊也君は？」

「眠ってるわ。昨日はお葬式で人が集まったでしょう。興奮したのか、なかなか眠らなかったの。今日はたっぷり昼寝するんじゃないかしら」

二人は、野田家の居間に、座り込んで、しばらく黙り込んでいた。

美沙は、昨夜の内に帰るつもりだったが幸子が一人では心細そうなので、結局、泊ってしまった。――もう昼過ぎになる。美沙としては早く帰りたい気持である。

美沙がちょっと時計を見たのに、幸子は気付いた。

「もう帰る？」

「そうね。――じゃ、いつまでもこうしてちゃ、お邪魔だろうし」

「そんなことないけど……。別荘のほうは、誰か残ってるの？」

美沙は、ちょっとためらってから、言った。

「池上照夫さんだけ残ってるわ」

「誰？」

幸子はごく自然にそう訊《き》き返した。「ああ、あの人ね。——変ね。忘れちゃうなんて」

幸子は、ちょっと笑った。

「忘れてたの?」

「一瞬、考えちゃった。——あの人だけ残ってるの?」

幸子は、やっと美沙の言葉の意味に気付いたらしかった。美沙が黙って肯く。

「そう。——あなたの好みかもね」

と、幸子は言った。美沙は少し気が楽になった様子で、

「あなたと奪い合いをしたくないのよ、私」

と言った。

「美沙さんにしちゃ、気の弱いことを言うじゃない。欲しいものは何でも手に入れるあなたが」

「でも、友達は失いたくないわ」

「私なら大丈夫。今のところ、男は欲しくないわ」

幸子は立ち上がって、庭へ出るガラス戸を開けた。

「——その内、また寂しくなったら男遊びを始めるかもしれないけど、少なくともあの人はだめ」

「どうして?」

「あの人に抱かれてるとき、主人は殺されていたんだわ。それが頭にあるから、だめなのよ。

またあの人に抱かれたら、きっと主人のことを思い出すわ」

美沙は立ち上がった。

「じゃ、いいのね、私が照夫さんをもらっても？」

「どうぞ」

幸子は肩を軽くすくめて、「あなた、かなり入れ込んでいるようね」

「結婚してもいいと思ってるわ」

「まあ、大したもんね。——巧《うま》く行くといいわね」

「ありがとう」

「じゃ、早く帰ってあげて。未来の花婿の所に」

「じゃ、また遊びに来てね、落ち着いたら」

「そうさせてもらうわ」

美沙は足早に玄関へと出て行って、車を帰してしまったことを思い出した。

「お帰りでございますか」

家政婦が出て来た。何という名だったか美沙は憶えていなかった。

「悪いけど、ハイヤー呼んでくれる？」

「はい、すぐにお呼びします」

幸子が出て来て、

「じゃ、中で待っていたら？」

「表にいるわ。いい天気だし」

「そう。じゃ、私出てみようかな……」

幸子が、サンダルをつっかけて、降りて来る。

午後の陽射しが、暖かい。

「あの家政婦、何だかいやな感じね」

と、美沙が言った。

「あら、何か失礼なこと言った？」

「いえ、そうじゃないの」

と、美沙は急いで訂正した。「あなたのことを嫌ってるみたい。前からそんな気がしてたんだけど」

「ああ、そりゃそうよ」

幸子はちょっと座って、「だって、結婚前から、ずっと主人のために働いてた人だもの。常に主人の味方。あの人の目から見れば、私は不貞の妻ってわけ。いつも主人に同情してたわ。

——その内辞めるでしょ、ここを」

「男女の仲なんて分らないのにね」

と、美沙は言った。「常識じゃ計れないものだわ。そう思わない？」

「そうね……。照夫さんによろしく言って。私、そろそろ俊也を見に戻らないと」

「ええ。それじゃ。また——」

美沙は、幸子が家の中へ戻って行くと、門の所まで、ぶらぶらして行った。そうすぐにハイヤーが来るはずもないが。

足音がして、家政婦が出て来た。

「五分ほどで参ります」

「ありがとう。ここにいるから」

「そうでございますか。門を開けておこうかと……」

「いいわ。わきの戸から出る。心配しないで」

家政婦は黙って頭を下げると、戻って行く。美沙は、どことなくよそよそしいもの——いや、かなりはっきりとした敵意に近いものを感じ取って、その家政婦の後ろ姿を見張っていた。

「妙な女だわ」

と、口に出して呟いてみる。

美沙は、閉じた格子の門から、表通りを見やった。ハイヤーの姿は、まだ見えない。

ふと、四、五十メートルの所に停っている車に気付いた。ありふれた小型車で、中に誰か乗っている。顔は分らなかった。

美沙は、ずっと離れてはいたが、その車の中の男が、自分のほうを見ているような気がしてならなかった。

美沙はふと思い付くと、門のわきの小さな戸を開けて、外へ出た。そして、停っている車へ向かって、真直ぐに歩き出した。

東風《こち》刑事は、大宮司美沙がやって来るのを見て、一瞬、車を走り出させたい衝動を覚えた。しかし、ここで走り出せば、見張っていたことはすぐに分るし、どうせ、美沙と車はすれ違うことになる。

ここはあわてて逃げても仕方あるまい、と東風は思った。しかし、この美沙というのはなかなか手強《てごわ》い娘らしい。

「——あら、刑事さんね。昨日の」

美沙が車のそばへやって来ると、東風の顔を覗《のぞ》き込んで言った。

「どうも」

東風は軽く会釈した。

「何をしていらっしゃるの？　仕事ですか」

「ええ、そんなところですね」

「私を監視なさってるんですの？」

「何か監視されるようなことでも？」

だが美沙は東風の挑発には乗って来ない。

「私を監視したがってる男性は大勢いますもの」

と笑った。

「残念ながら、私はもう若くありませんからね」

「まあ、そんなことはないと思いますけど」

と美沙は魅力的な微笑を浮かべて、言った。

なかなか頭のいい女だ。東風は、美沙が、ただの金持の娘というイメージには当てはまらない個性の持主らしい、と思った。

「刑事さん、お名前は?」

と美沙が訊いた。

「東風と言います」

「こっち?」

美沙がけげんそうに訊き返す。

「東の風と書くんです」

「ああ、『こち吹かば』の『こち』ね。風流なお名前ですこと」

「その割には風流でない商売ですがね」

と東風は笑って言った。

美沙は顔を上げた。

「ああ、ハイヤーが来たわ。――じゃ、東風《ひがしかぜ》さん、失礼します。尾行なさるのなら、ハイヤーの運転手に言ってゆっくり走らせますけど」

「それには及びません」

東風はつい苦笑いしながら言った。

美沙が門のほうへ戻って行く。黒塗りの大型のハイヤーが、東風の小型車では望むべくもない滑らかな動きで、門の前にピタリとつける。

美沙が乗り込んで、ハイヤーが静かに走り出すのを、東風は見送っていた。——不思議な娘だ。何となく自分のペースに人を巻き込んでしまう。

東風は、まるで知能犯を相手にしているときのような興奮を覚えている自分に気付いて頭を振った。

「何を考えてるんだ！　たかが小娘一人に……」

東風は、野田邸のほうへと、目を向けると、タバコを取り出して、火を点《つ》けた。

美沙は、走り出して五分ほどすると、後ろを振り返った。あの、面白い名前の刑事は、尾《つ》けて来ていない。

「ちょっと」

と、運転手へ声をかける。「電話をかけたいの」

運転手は、電話ボックスの近くへ寄せて、車を停めた。

美沙はまず別荘へ電話した。

「——やあ、君か」

照夫の声が響いて来ると、美沙は胸が熱く燃え立って来るのが分った。

「今から帰るわ」

「分った。ええと……波子さんは買物に出てるよ」

「そう」

美沙は言葉が出て来なかった。

「——どうかしたの？」

「いいえ……。愛してるわ。じゃ、すぐに帰る」

電話を切ると、美沙は目を閉じて、何度も息をついた。一日、離れていたことが、彼への想いを激しくかき立てたようだ。まるで別れの言葉でも言ったかのように、涙が出そうになって、美沙はびっくりして指で拭《ぬぐ》った。

「しっかりして！——子供みたいなことを……」

美沙は気を取り直して、今度は幸子へ電話した。

「——刑事が？」

幸子は美沙の話に面食らったようだった。

「そう。お宅を見張ってるみたい」

「どういうことなの？　また泥棒でも入ると思ってるのかしら」

「あなたを見張ってるのよ」

「私を？」

「恋人と共謀して、ご主人を殺したとにらんでるみたい」

ちょっと間を置いて、幸子が、

「あらあら」

と、気の抜けたような声を出した。「面白いことを考える人がいるものね」

「放っとけばいいわよ。ただ、気持良くないだろうと思って、連絡したの」

「どうもありがとう」

美沙はハイヤーに戻って、シートに身を沈めた。

そして、後はただ、流れ去る窓の外の風景を、じっと見つめていた。

2

石井布子は、警察署の入口に立って、おずおずと中を見回した。

凶悪犯が暴れていたり、返り血を浴びた女が虚《うつ》ろな顔で座っていたり、というのを想像していたのだが、何しろ小さな警察署である。至って静かなもので、そこここで、警官と、どこかの年寄りが世間話をしている。

布子は、ちょっと拍子抜けしてしまった。

「――何かご用ですか？」

布子に気付いた若い警官がやって来た。

「あの――」

布子は、ちょっとどぎまぎして、「呼ばれて来たんですけど――私」

「はあ、そうですか。お名前は？」

「石井……布子です」

「誰が連絡しました？」

「さあ……。留守のときにお電話もらったんで……」

「そうですか。何の話か心当り、ありませんか?」

「たぶん……沼田さんの事故のことだと思いますが」

「はあ」

警官のほうも、さっぱり分っていない様子だった。布子は帰ってしまおうかと思った。

「石井布子さんですか?」

背広姿の、中年男が、手に紙コップを持ったまま、呼びかけた。「こっちへどうぞ」

〈応接室〉とは書いてあるが、中は殺風景で、これでは客を早く帰そうとしているとしか、布子には思えなかった。

「――ちょっと確認を取りたいことがありましてね」

刑事の話は、やはり沼田の事故のことだった。ええ、沼田さんとモテルにいました。喧嘩《けんか》して――そうです。一人で出て行っちゃって――。いいえ、自殺とは思いません。

「いや、それを確かめたかったんです」

刑事は、手帳を閉じた。「お宅に伺っても良かったんだが、彼とモテルにいたのが、お宅のほうに知れてはお困りかと思いましてね」

「どうも」

と布子は、ちょっと頭を下げた。

そんなことぐらいでは、もう両親もびっくりしなくなっているのだが。

「――沼田さんは酔ってましたか」

「ええ。そうひどくはなかったけど」

「ウイスキーを飲んだ?」

「はい」

刑事は首を振った。

「自分で自分の首を絞めるようなもんだな、全く……」

その通りだ、と、布子は思った。彼は、自分で命を縮めたのだ。あの池上――だか木村だか知らないが、あんな悪党を相手に、沼田のような臆病《おくびょう》な弱虫が勝てるはずがない。

「まあ、間違いなく事故だとは思うんですがね」

と、刑事はのんびりと言った。「事故に見せかけた殺人という可能性もないわけじゃないんです」

もちろんだわ。あの池上照夫と、波子の二人に殺されたんだから……。

「何か、恨まれてるとか、そんなことはありませんでしたか?」

馬鹿だったんだわ。

「別に、そんな話は聞いていません」

布子は、昨夜、あの美沙の別荘のバルコニーで、照夫と波子の話を立ち聞きして、沼田が二人に殺されたことを知っていた。

「またあんな奴が出て来るかもしれない」

と、照夫が言っていた。「今度は沼田のような間抜けじゃないかもしれないぞ」

「大丈夫よ」

波子が落ち着き払って、言った。「お嬢さんと結婚したら、しばらく海外へ行くのよ。一か月も回って来れば、もうあなたの写真も忘れられてるし、あなたのイメージも変ってるわ」

「そう巧《うま》く行くかな」

「行くわよ」

と、波子が平然と言った。「邪魔をする人がいたら、沼田さんのように片付ければいいのよ」

そこまで聞いて、布子は恐ろしくなって逃げてしまったのだが、バルコニーから降りるのが大変だった。今考えても、よく二人に気付かれずに降りたものだと不思議だった。

「――それなら問題もありませんな」

と刑事は言った。「どうもご足労かけましたね」

「いいえ」

布子は立ち上がった。

どうして言わないんだろう？　沼田を殺したのが、木村という名で手配されている男だと、なぜ言わないのか。

布子は、そのまま、警察署を出てしまった。

昨夜、あの別荘から、命からがら逃げ出したときには、布子も、警察へ駆け込もうと思っていたのである。しかし、夜の間は怖かった。沼田のように、事故に見せかけて殺されるかもしれない、と思った。

家へ帰って布子は、ベッドへ潜り込んで、眠ってしまった。そして、朝になると――昼に近い時間ではあったが――布子の気持は変っていたのである。

一番大きな理由は、まず、そんな面倒なことに関わり合うのがいやだったからだ。警察へ行く。調べられ、何やら書類にサインしたりして、あれこれと訊《き》かれる。裁判になれば証言しなくてはならない。そんなことも面倒くさい。

正義のためとか、市民の義務とか、そんなことには関心がなかった。――黙っていて気が咎《とが》めるとすれば、美沙が命を狙われるのを、知っていて放っておくことだったが、それも複雑な気持であった。

大体、友人とはいえ、布子はいつも美沙のからかいの対象になっている。とても対等な友人とはいえない。美沙にとって、布子は、ちょっと高級な小間使みたいなものである。だから、布子とて、そう美沙を愛しているわけではないのだ。

むしろ、あの気位の高い美沙が騙《だま》されていて、それを自分だけが知っているという気分は、布子にとっては快感だった。

だが、一方では、美沙のような金持の友達を失うのは惜しいという気がした。何のかのといっても、何か面白いことをやれば、金を出すのは美沙である。美沙にたかって来る仲間たちは、あそこに行けば遊んで、旨《うま》いものを食って、いい酒を飲んでいられる、ということを、よく知っているのである。

だから、布子も、美沙を失いたくはない。

どうしたものか……。

布子にとってありがたいのは、まだたっぷり時間があるということだった。照夫だって、まず美沙と結婚しなくてはならないのだ。

そう。急ぐことはない。——のんびり考えても間に合う。

布子は後にのばせることは、ためらわずのばす主義であった。


「——やっと手がかりだ」

と、大沢は机の上に足を投げ出した。

「君の粘りには敬服するな」

金田準也は、捜査一課の部屋の中を、ゆっくりと見回していた。見憶《みおぼ》えのある顔が、ときどき彼のほうを見て笑いかける。

「どの程度役に立つか分らんがね」

大沢は机の上のメモを見た。「木村久夫らしい男と話をした女は、この五人の中にいる。一人一人当ってみる他はないと思うが……」

「五人ぐらい問題じゃあるまい」

「そりゃそうなんだ。しかし……」

金田には、大沢のためらいが分る。

妙なもので、五里霧中の間は、しゃにむに手掛りを求めて突っ走るのだが、いざ目の前にそれが置かれたとなると、今度はすぐに手を出すのが惜しくなってしまう。少しでも先に延ばしたいと思うのである。

しかし、それは気持だけで、実際にはすぐに活動に移る。

「何か分ったら、連絡するよ」

と大沢は言った。「今、五人の奥さんたちに電話で面会を求めている。今日、明日中には一通り会うつもりだ」

「大沢さん」

若い刑事が一人、急いでやって来た。「例の女が分りましたよ」

「何だと？」

「二番目に電話した女性が、子供をバスにひかれそうになった奥さんを憶えていました。亭主同士が同じ会社だとかで」

「そうか。五人の中に入ってるのか？」

「ええ、最後に電話するつもりだった、野田幸子という女性です」

「野田幸子だな」

大沢はメモのコピーを目で追った。「よし、俺が行ってみる。ご苦労だった」

大沢が立ち上がると、金田と目が合って、ちょっとの間、二人は探り合うように見ていたが、すぐに大沢が笑い出した。

「OK。違反だが、まあいいだろう。一緒に来いよ」

「済まん」

金田は微笑んだ。

二人が出て行くのを、若い刑事は、ちょっと呆気《あっけ》にとられて眺めていたが、

「何かテレパシーでも通じてるのか、あの二人？」

と呟《つぶや》いた。

「――どうしてついて来る気になったんだ？」

大沢が車を運転しながら、訊いた。

「どうして連れて行く気になったんだ？」

金田が訊き返す。

「こいつ！」

大沢は苦笑いして、言った。「お前が妹の恋人だからだ。えこひいきという奴だ」

「僕はその野田幸子という女性の言葉を聞きたいんだ」

「何の言葉を？」

「木村久夫を見たときに、どう感じたか、をね。僕の目はやはり男の目だからね。女の目に木村がどう映ったか、知りたい」

「なるほど」

「木村がなぜ女の心を捉《とら》えるのか、それに興味がある」

「お前は心理学志望だったからな」

二人はしばらく黙っていた。――やがて大沢が言った。

「亜矢子と寝たか？」

金田はじっと前方を見たまま、短く、

「うん」

とだけ言った。

「そうか。好きな同士なら、そうならなきゃ嘘だ」

「猟銃結婚ってはめになるかと思ったよ」

「馬鹿言え」

と大沢は笑った。「俺はそんな頑固親爺《おやじ》とはわけが違うぞ」

「もうしばらく、僕ら二人だけに任せておいてくれ」

「分ってる。好きにしろ」

大沢は肯《うなず》いた。金田は、突き放したような大沢の言い方に感謝した。

「――ここか」

大沢は車を停めた。

「どこかで見たことがあるな、この家」

「どこで？」

「分らないが……」

金田は首をひねった。野田……。そういえば、耳にしたことのある名前だ。もっともそう珍しい名前でもないが。

大沢は、門の傍のボタンを押していた。


「──陰気くさい家だな」

広々とした応接間に通されて、大沢は手を後ろに組み、ぶらぶらと歩きながら言った。

「それに今の女。──家政婦か何かだろうが、何だか妙な感じだったじゃないか？」

「うん……」

金田は、機械的に答えた。

「何を考えてるんだ？」

「え？──いや、匂いがね」

「匂い？」

「最近葬式があったんじゃないか」

大沢は鼻を蠢《うごめ》かして匂いをかいだ。

「だめだ。──鼻風邪をひいてるんだよ」

「香《こう》の匂いだ。たぶん……告別式の……」

「それで陰気なのかな」

大沢は、ふと眉《まゆ》を寄せた。「野田？　野田、か。──聞いたような気がするな」

思い出すより早く、ドアが開いて、黒服に身を包んだ女が入って来た。

二十五歳ぐらいか。美しい女だ。ちょっと男心を誘うような、無意識の媚《こ》びを感じさせる。危険な女だ、と金田は思った。

「野田幸子さんですね」

と、大沢が言った。女が黙って肯いた。

「警視庁捜査一課の大沢と申します」

野田幸子は、二人にソファをすすめて、自分も腰をおろした。その自然なポーズが、みごとに絵になっている。

「主人を殺した犯人のことで、何か分りましたのでしょうか」

と、幸子は言った。「それとも、私を逮捕しにいらしたのですか」

大沢と金田は、同時に思い出していた。

「そうでしたな！　ご主人が強盗に殺されて……。今、思い出しました」

大沢の言葉に、幸子は戸惑ったように目を少し細くした。

「どういうことですの？　その件でのご用ではないのですか」

「奥さんを逮捕しに、とおっしゃったのは、どういう意味ですか」

と金田が、遮るように言葉を挟んだ。

「刑事さんが私を監視していると伺っていたからです」

「刑事が？」

「あなた方のご用は別におありなんですか?」

「実は——そうです」

大沢は一つ咳払《せきばら》いをして、「木村久夫という男をご存じありませんか」

と続けた。

「木村……。木村さんという方は何人か存じ上げていますけど——」

「ホテルで、あなたのお子さんがバスにひかれそうになったのを助けた男がいましたね」

幸子が意外そうに、

「ええ、でも——」

と言いかけて言葉を切った。

「この男ではありませんか」

大沢が、木村のモンタージュ写真を見せた。幸子はそれを手に取って、じっと見つめていたが、

「そうですね。こんな方だったかもしれません。——よく、憶《おぼ》えていませんけど」

「礼を言われたんでしょう」

「ええ、子供を助けていただいたんですから、それは当然です。木村という人だったんですか?」

「TVでこれをご覧になりませんでしたか」

「いいえ。——その人が何か?」

「殺人容疑で指名手配されている男です」

幸子はちょっと目を見開いた。

「まあ、そんなことって……。俊也の命を助けて下さったんですよ」

「殺人犯がいつも冷酷だとは限りません」

と大沢は言った。「すると、その男と話はなさらなかったんですか？」

「ええ。お礼を申し上げて、二言、三言、言葉を交わしましたけど、それだけです」

「名前を聞きませんでしたか」

「伺ってみましたが、教えて下さいませんでした」

「そうですか」

と、大沢は、失望の色を顔に見せて言った。

「その木村という人は、誰を殺したんですの？」

「はっきりしているのは女を二人と男を一人殺したということです」

「ただし、女のほうの一人は、死体が発見されていません」

と、金田が言葉を挟んだ。「女を誘惑し夢中にさせて、金品を巻き上げて殺す、というのが手口のようです。おそらく、分っている事件以前に、いくつか犯行をくり返していると思われます」

「恐ろしい人ですわね。――とてもそんな人には見えませんでしたが」

「何か特別な印象はありませんでしたか？」

「さあ……。何しろ、その後、主人があんなことになって、気が顚倒《てんとう》していましたし……よく思い出せません」

「そうですか」

大沢が立ち上がった。「残念ですな。——もし、その男の言ったことで、何か思い出したら、どんな細かいことでも結構です。ぜひ、ご一報下さい」

「かしこまりました」

幸子は無表情な顔で会釈した……。

二人が野田邸の門を出ようとしていると、後ろに足音がした。

「何か用かな？」

大沢は振り向いて、家政婦に訊《き》いた。

「奥様を捕まえに来られたんじゃなかったんですか」

「他の件でね。——あんたは奥さんがご主人を殺したと思ってるんだね？」

「絶対です。若い男を何人も作っていたんですから」

「よく調べよう」

「何か見付けたら、お知らせします」

そう言って、家政婦は戻って行った。

表に出ると、金田が言った。

「ああいう使用人は持ちたくないね」

「同感だ。——しかし、どう思う、お前」

「今の夫人かい？　分らないな」

「能面のような顔、というやつか。どこまで本当だか……」

金田が気になっているのは、野田幸子の一言——木村という名に心当りはないか、と訊かれ、ホテルでの出来事を大沢に言われて、

「ええ、でも——」

と言いかけて、その後の〈消えた〉言葉だった。

「ええ、でも——あの人の名は××です」

と、言おうとしたのではなかったか。

大沢の訊き方はまずかった。いつもの大沢らしくない。野田幸子の夫が殺された事件を忘れていたのだ。あの言い方では、その男が何かあるのだと初めから野田幸子に教えてしまっている。

野田幸子は、何か知っているのかもしれない、と金田は思った。

二人が、車に乗り込もうとしていると、走って来た小型車が、目の前でピタリと停止して、窓が開いて、

「あんたか。何の用だったんだ？」

と、大沢に声をかける男がいた。

「東風じゃないか！」

大沢は目を見張った。

3

「──悪いわね、お邪魔しちゃって」

石井布子は、もういい加減、酔っ払っていた。

「いいのよ、ゆっくりして行って」

美沙が、いつになく愛想の良いことを言っている。本当に珍しい。きっと幸せで、ご機嫌がいいのだ。

あなたは殺されるのよ、と布子は思った。何も知らずにいい気なもんだわ。

夢中になっている、当の相手に殺されるときって、どんな気持だろう？

「もう一杯いかがですか」

と、波子が、グラスを持って来る。極上のウイスキーだ。

「ありがとう」

あんたも大したもんよ。虫も殺さないような顔して、命の恩人を葬っちまおうとしているんだからね。

布子はグラスを半分近くもあけて、息をついた。

「私、もう寝るわ」

美沙が立ち上がる。「じゃ、布子、ゆっくりして行ってね」

「ありがとう、どうも……」

美沙が出て行くと、後の居間はひっそりと静かになった。美沙が寝るということは、つまり、あの男——池上照夫も寝るということだ。

波子は？——どこへ行ったのか、姿が見えない。

布子は眠くなって、欠伸《あくび》をした。さて、帰るか。といっても、いくら何でもこの状態で車は運転できない。波子に言って、タクシーを呼んでもらおう。

布子は立ち上がった。足もとがふらつく。いい酒はつい飲み過ぎてしまうんだ。

「ねえ……。ちょっと……」

もつれた舌で言った。「誰もいない……の？」

ホームバーのカウンターの上に、グラスが置かれている。あれは、さっき、照夫が飲んでいたグラスだ。

グラスか。——沼田が言ってたっけ。グラスかコップの指紋がどうとか。

あの馬鹿……。身の程知らずってもんだわ。私だって指紋のことぐらい知ってる。

でも、私は、殺人犯の神経を逆なでするようなことはしないんだ。そんなことをして若死にするんじゃたまんないよ。

「ねえ……波子さん」

居間を出ようとして、布子はギョッと足を止めた。目の前に照夫が立っていたのだ。

「——あら、もう寝たのかと思った」

布子はこわばったような笑みを浮かべて言った。

「波子に用？」

と照夫は訊いた。

「え、ええ……。帰ろうと思って。タクシーを呼んでもらおうと思ったの」

「それなら僕が送るよ」

と照夫が言った。

「だけど……。そんなことさせちゃ……美沙に叱られるわ」

布子は急いで言った。

「美沙に言われて来たんだ。君を送ってやってくれって」

「でも……いいわ、そんな。自分で帰れるから……」

「それこそ僕が怒られるよ」

と、照夫が笑って言った。「さあ、行こう」

照夫に腕を取られて、布子は否応《いやおう》なく、玄関のほうへと引っ張って行かれた。酔っ払っているので、力も出ない。

布子は、あまり断ってばかりいると、却《かえ》って怪しまれるかしら、と思った。そうだ。

——布子が波子との話を立ち聞きしたことなど、照夫は知るはずがない。

本当に、ただ家まで送ってくれるというだけなのだ。それなら別に構やしないじゃないの……。

美沙のフォルクスワーゲンに乗ると、照夫がエンジンをかけながら、

「道を教えてくれよ。僕はよく分らないからね。まだこの辺は」

「ええ、そうややこしくないの。ここを真直ぐ……」

車が走り出した。——ダッシュボードの時計を見ると、もう午前一時を回っている。

「こんな時間なのね」

「親は何も言わないのかい」

と、照夫が言った。

「諦《あきら》め切ってんじゃない？　というより、最初からね。何しろ自分たちが忙しいからさ」

「そういうことじゃいけないな」

「え？」

「親は子供に責任を負ってるんだ。子供を育て上げる責任がある」

布子は、呆気《あっけ》に取られて、照夫を眺めた。照夫は大真面目なのだ。

「変よ、あなたがそんなこと言うなんて」

と、布子はちょっと笑った。

「そうかい？」

「あなただって、散々親不孝して来たタイプじゃないの？」

「まあそうだね。しかし、親らしいことを一つもしない親だった。そんな奴に子供を持つ資格はない」

「気の毒に。苦労したのね」

布子は冷やかすように言って、また笑った。それから、ちょっと戸惑ったように目をこすって、

「あら、道を間違えたわよ」

と言った。

まだ、あの車は停っている。

野田幸子は、カーテンの隙間から、夜の表通りを覗《のぞ》いて、そっと息をついた。

部屋の中には、俊也の静かな寝息だけが聞こえていた。

幸子は、眠れなかった。ガウンをはおって寝室を出ると、一階へと降りて行った。

キッチンへ入って、湯を沸かす。コーヒーを飲みたかった。眠れなくなるのが普通かもしれないが、幸子の場合は逆である。

眠れないとき、コーヒーの一杯が、苛立《いらだ》ちを鎮めてくれる。

ぼんやりと椅子にかけて、ケトルが鳴るのを待つ。――家の中は静かだった。

夫が殺されたときも、こんな風に静かだったのだろうか、と幸子は思った。

木村久夫。――あの写真を見たとき、驚きを外へ現わさずにすんだのは幸運だった。

おそらく、まだ夫の死で気が抜けたようになっていて、敏感に反応しなかったのだ。それが幸いだったのだが。

照夫が――じゃ、本当の名は、久夫でも照夫でもあるまい――人殺し、と聞いたときのショックは、不思議なことにそれほど大きくはなかった。といって、そんなことを予期していたわけではないのだ。

ただ、どんなことを聞かされても、そんなことがあっておかしくない、と思わせるような男なのである。

もし、照夫が、どこかの億万長者だと聞かされても、幸子はそう驚かなかったろう。

もちろん、犯罪者は、全く別の次元の存在だが、それにしても、照夫のことを、警察はどこまでつかんでいるのだろう？

少なくとも、今の池上照夫という名前は、まだ警察に知れていない。あの写真も、照夫とよく似ているのは事実だが、何といっても、あの暗い眼の輝きや、ちょっと皮肉めいた微笑を浮かべる口元などは出ていない。

たとえ知っている人間があれを見ても、果して照夫と気付くだろうか？　ＴＶニュースですでに放送されているというのに、今まで照夫を告発する者はなかったのだ。

このまま、おそらく、何事もなく過ぎ去るに違いない、と幸子は考え、かつそうなるように願っている。

妙なもので、正体を知らされて、忘れかけていた照夫のことが、また気にかかってならなくなった。

自分のひと言で、彼の命を左右することができる。そのことが、逆に幸子には負担になっていた。──照夫は自分が手配されていることを知っているのだろうか？

そしてもう一つ、問題はある。美沙だ。彼女は照夫と結婚しようとしている……。

幸子は、人の気配を感じて、ギクリとした。

「──ご用でしたら、お呼び下されば」

家政婦が立っている。

「いいえ、いいのよ」

と幸子は言った。「自分でコーヒーを淹《い》れるのが好きなんだから」

「さようでございますか」

「どうぞ、休んでちょうだい」

「かしこまりました。おやすみなさいませ」

と、頭を下げて、出て行こうとする。

「ねえ──」

と幸子は声をかけた。

「何か……」

「警察の人に、何か訊《き》かれた？」

「色々と」

「あなたが言ったの？　私があの人を殺させたって」

「そんなことは申しません」

無表情な返事だった。

「そう思わせるようなこと言ったんじゃない？」

「——警察の方がどうお考えになるかは分りません」

「あなたはそう思ってるの？」

家政婦は、幸子の目を真直ぐに見返した。

「旦那《だんな》様はいい方でした」

幸子は、その声に、自分への恨みを聞き取った。

「私もそう思ってるわ」

と、幸子は言った。

ケトルがピーッと鳴った。それが合図だったかのように、家政婦は黙って出て行った……。

「——やっぱり君だったのか」

波の音が立ち昇って来る。海は、夜の暗さに溶け込んで、ただ足下遥《はるか》か下に広がる暗黒でしかなかった。

「物音がして、覗いて見ると、誰かが走って行くのが見えた。はっきりは分らなかったが君が訪ねて来たすぐ後だったからね」

布子は細かく震えていた。

「殺さないで……しゃべらないから……お願いよ……」

涙が頬を伝って行く。

「困ったね」

照夫は突き放すように言った。「君は僕が殺人犯だということを知っている」

「私、警察なんて嫌いよ！　沼田さんのことで呼ばれて行ったけど、何もしゃべらなかったわ！」

「それはそうだろうな」

照夫はじっと、前方の暗闇を見つめている。

長い長い沈黙があった。布子は、何か言えば殺されるかもしれないと思うと、身動きもできなかった。

「――まあいいだろう」

と、照夫は言った。

「助けてくれるの？」

「そうそう事故死が続くのもまずいからね」

布子は、息を吐き出しながら、両手で顔を覆った。

「その代り――」

と照夫は言った。「君にも何か手伝ってもらうことにしよう」

「手伝う……って？」

「この計画をだ。――君も美沙が嫌いだろう？」

「私？　だって——」

「君は美沙にたかっているだけだ。友達なんかじゃない」

布子は照夫のからかうような、それでいて、心の中を見透かすような視線に、あわてて目をそらした。

「美沙には友達が少ない」

と照夫は続けた。「心を許した相手はほとんどいない。君にしても、親友とはいえないが、多少は信用している。——だから、多少は利用する価値があるんだ」

「何をするの？」

「そのときには教えてやるよ」

照夫はエンジンをかけた。

布子を殺す気はなかった。根っからの臆病《おくびよう》者だ。自分の親が殺されていても、ベッドで布団をかぶって震えているに違いない。

それよりも、たとえ事故に見せかけて殺したとしても、警察の疑惑を招く可能性が大きい。そのほうがよほど危険だった。

殺すのは、またいつでもできる。それよりも、美沙を通じて、大宮司の財産を手中にするために、利用したほうがいい。

——フォルクスワーゲンは、二十分ほどで布子の家の前に着いた。

「さあ、着いたよ」

布子はしばらく身動きもできなかった。照夫が外へ出て、車の前を回ると、ドアを開けてやった。

「大丈夫か？」

「ええ……」

よろける足で、布子はやっと外へ出た。

照夫がいきなり布子を抱きしめて唇を奪った。布子は体中が燃え立つような興奮を味わった。

——一瞬の内に、嵐のようにそれは過ぎて、気が付いたときには、もう照夫の車は走り去っていた。

布子は、まるで立ったまま眠ってでもいるかのように、その場にぼんやりと突っ立っていた……。

第七章　死を賭けた遊戯

1

野田幸子は、デパートの買物から、自分で車を運転して帰って来た。

以前は、滅多なことでは、自分で車を運転したりしなかったのだが、夫が死んでから、よく乗り回すようになった。

しかし、外出の回数は、ずっと少なくなっている。あれこれと付き合いのあった友人たちは、

「少し外へ出たほうがいいわよ」

と、誘ってくれるのだが、なぜか幸子は、出かけるときも、一人で出かけたかった。生きている間は、いつも放《ほ》ったらかしていた夫だが、いざいなくなると、幸子の中で、どこか深い所に空洞が出来てしまったようで、今になって、夫に対して誠実でありたいという願いが幸子を捉《とら》えているのだった。

お笑い草だ、と自分を皮肉ってもみるのだが、それで以前の自分に戻れるわけではない。こうして一人で、車を走らせていると、何となく幸福だった。前には考えられなかったことだ。

車そのものが好きだというわけではない。ただ、車の中では一人になれる。そして、運転している間は、何もかも忘れていられる。その爽《さわ》やかな空しさといったものが、好きなのだった。

俊也はなじみのベビーシッターに任せてあった。別に相手をしたくないのではないが、今、幸子は、ともかく一人になりたくてたまらないときが、よくあるのだった。

門が見えて来て、幸子は、スピードを落としたが、

「あら——」

と呟《つぶや》いて、門の前に立っている女性に目を止めた。

車を少し手前で停めて、外へ出る。門の外と中で、押し問答をしているようだ。その女性は、二十五、六か、スタイルがよく美人だった。幸子のような、ちょっとくずれた女っぽさとは対照的に、働く女性のきびきびした動きを思わせる、一種中性的な美しさである。

「無茶をおっしゃられても困りますよ」

門の内側では、家政婦が頑張っている。

「無茶じゃありません。別に迷惑をかける気はないんです。お願いですから、入れて下さい」

「だめですよ。さっきから申し上げてる通り——」

家政婦は、幸子に気づいた。「お帰りなさいませ」

「どうしたの？」

と幸子は言った。

「この方が……」

それだけ言って、家政婦は、後は自分でどうぞ、というように口をつぐんだ。

「私、野田幸子ですが、あなたは？」

「奥様ですか」

その女性は、ちょっと目を伏せて、「金田亜矢子と申します」

とかすかに頭を傾けた。

「どういうご用でしょうか」

「ご主人にお目にかかりたいんです」

「野田に……ですか」

幸子は戸惑った。

「この人に頼んだのですけど、野田さんは亡くなったと言って取りついでくれないんです」

幸子は、金田亜矢子と名乗ったその女性をじっと見つめた。どこかおかしいというわけでもなさそうだ。

「でもそれは──」

と言いかけて、ふと気が変り、「分りました。どうぞお入り下さい」

と言った。

「でも奥様──」

家政婦が不服そうに、口を開きかけるのを遮って、

「客間へお通ししておいて、私は車を入れてから行きます」

と、幸子は言った。「門を開けておいて」

返事を待たずに、幸子は車へと戻った。

渋々ではあろうが、家政婦が門を開ける音が聞こえて来る。幸子は、ふと道の前後へ目を走らせた。

刑事の見張りがなくなったようだ。これでもう三日、監視の車を見かけない。——いい加減に諦《あきら》めたのだろうか。

幸子は、車をゆっくりと慎重に操って、門の中へ入れた。

「——お待たせしました」

幸子は、客間へ入って行った。手に、古い新聞を持っている。

「どうも……」

「金田亜矢子さん、でしたわね。どうぞおかけになって。——主人にご用でしたの？」

「はい」

「主人とはどういうお知り合いでいらっしゃいますか？」

金田亜矢子は、ちょっとためらった。

「あの……私はご主人と愛し合っていました」

幸子は、唖然《あぜん》として相手を見つめた。予想もしていないことだった。夫に恋人が？

「失礼ですけど」

と、幸子は言った。「主人と——関係がおありだったんですか。体の関係が」

「はい」

　はっきり返事をされて、幸子のほうが面食らってしまう。

「どれぐらい前から……ですか？」

　何を訊《き》いていいものやら、幸子には分らなかった。出任せの質問をして、ともかく気持を鎮めようとしていたのである。

「ここ一年ほどです」

「つまり……会社でのお知り合いか何かで……」

「ご主人とは仕事のことでお目にかかりました。私は速記の仕事をしておりまして、ある会議で、ご主人が出席されていて……。それで知り合ったんです」

　幸子は、じっと、その女性を眺めた。確かに、妻に浮気ばかりされている夫が、他の女性に心を動かされたとしても不思議ではない。

　もちろん、幸子は金田亜矢子の言葉を信じたわけではないが、もしこれが事実でも、妙にすれっからしの女に乗り込んで来られるよりずっと良かった、と、奇妙な安心感を覚えていた。

「お願いです、ご主人に会わせて下さい」

　と、金田亜矢子は頭を下げた。

「――あなた、ここしばらく旅行でもなさっていらしたの？」

「はい……。仕事でアメリカにしばらく行っていました。一昨日帰って来たんです。空港にご主人が迎えに来て下さる約束になっていましたが、おいでにならず――」

「それで何もご存じないのね」

「何をでしょう？」

「主人は亡くなりました」

金田亜矢子は、初めて不安げに、

「まさか……」

と呟いた。

「これをご覧になって下さい」

と、幸子は新聞を広げて、テーブルに置いた。夫が強盗に殺されたという記事である。

金田亜矢子は、新聞を、おそるおそる手に取ると、じっと、食い入るように記事を読んだ。

そして、

「そんな……」

と囁《ささや》くような声で言うと、手から新聞を取り落とし、そのままソファにバッタリと倒れてしまった。

「まあ――しっかりして」

幸子のほうがうろたえてしまう。急いでサイドボードのほうへ走ると、ブランデーをグラスへ注いで、戻って来た。

青ざめた顔で失神している金田亜矢子の頭を持ち上げると、ブランデーを口の中へ少し流し込んだ。

少しむせて、ブランデーが、顎《あご》を伝って流れ落ちたが、やっと気が付いたようだ。

「あ──私──」

我に返って、金田亜矢子はあわてて起き上がった。

「申し訳ありません。取り乱してしまって──」

急いでハンドバッグを開けて、ハンカチを取り出し、口もとを拭《ぬぐ》った。

「大丈夫？──ブランデーがたれてしまったわね。今、濡《ぬ》れタオルを持って来させるから」

「いえ、どうぞ構わずに」

「いいの。どうぞおかけになっててね」

幸子は立ち上がると、ドアを開けた。家政婦が歩いて行くところだった。

「坂田さん」

と幸子は呼び止めた。

「何でございましょう？」

「タオルをお湯で濡らして持って来て。軽くしぼってね」

「かしこまりました」

立ち聞きしていたのに違いない、と幸子は思った。部屋の中へ戻ると、金田亜矢子が立ち上がって、

「何も知らずに、こんなときに押しかけて来てしまいまして、申し訳ありませんでした」

と頭を下げた。「これで失礼します。もうお目にかかることはないと思います」

「待って。——座って下さいな。どうぞ」

「でも……」

「ともかく、お座りになって」

金田亜矢子は、戸惑い顔で再びソファに腰をおろした。家政婦が、濡れタオルを持って入って来た。

「坂田さん、コーヒーを淹《い》れて来て」

「かしこまりました」

家政婦が無表情に答えて出て行く。幸子はちょっと笑って、

「あの人、主人を崇拝していたの。だから私のような浮気な妻が許せないのよ、今でも」

「じゃ、当然私のことも……」

「そうね。あまり好感は持ってもらえないわ、きっと。主人の汚れないイメージを傷つけるでしょうからね」

なぜあの女は辞めて行かないのだろう？——幸子は、それが気になっていた。

「でもコーヒーに毒を入れるところまではやらないから大丈夫よ」

そう言って、幸子は微笑んだ。不思議な親近感、初対面でいながら、ほとんど友情に近いものを、幸子は金田亜矢子に覚えていた。

一つには、夫に愛人がいたことで、多少罪悪感が軽減されたこともあったかもしれない。そして、同じ体を共有していたという意識と……。

しかし、それ以上に、金田亜矢子という、この女性個人への親しみを、幸子は覚えていたのである。

野田家から少し離れた道端に、一台の乗用車が停っていた。

自転車に乗った警官が通りかかった。

「――ここに駐車しちゃいけないよ」

と、運転席を覗《のぞ》き込む。

すぐに、

「失礼いたしました」

と敬礼して、あわてて、行ってしまった。

「正確には公務とは言えないぜ」

金田が助手席で言った。

「分ってる」

大沢は不機嫌だった。

「何とか思い留《とど》まらせるべきだったんじゃないかな」

「俺でもだめ、お前でもだめだ。――他に誰がいる？」

「うむ……。しかし、君が認めなければやめたんじゃないのか」

「あいつは頑固だ。やめやせんよ」

大沢は苦笑した。

木村久夫の捜査は行き詰まっていた。

もともとが、手配写真と指紋だけが手がかりである。一般からの通報はかなりの数に上ったが、結局一つとして実を結ばなかったのだ。

きっかけは、金田が洩《も》らした一言だった。

「あの女だけは何か知ってるような気がするんだよ」

「誰のこと？」

亜矢子が訊いた。

ベッドの中での会話だった。およそロマンチックな話ではないが、愛し合った後に、ついそんな話になるのが、金田らしいところだった。

「野田幸子さ」

「ご主人を殺された人ね？」

「うん。彼女はきっと木村久夫を知っているよ」

「どうして分るの？」

「勘さ」

「じゃ、絶対ね」

「皮肉かい？」

と、金田は笑った。

「本当よ。勘と当てずっぽうとは違うわ。そうでしょ?」

「そりゃ確かにね」

「あなたの勘は確かだと思う」

亜矢子は言い切った。「お兄さんだって、分ってるでしょうに」

「僕はもう警察の人間じゃない。その勘で捜査を進めるなんてことはできないよ」

「でも……」

亜矢子は天井を見上げて、「そんな男が、のうのうと生きていて、今でもどこかの女性を引っかけているのかもしれないと思うと、我慢できない」

「何か手はないかと思ってるんだがね」

金田は起き上がって、「野田幸子というのはなかなか大した女だよ。そう簡単にしゃべりはしない。特に、君の兄さんの言葉で、警戒してしまっているからね」

しばらく二人は黙っていた。

「──シャワーを浴びようか」

と、金田が言った。

「待って。もう一度抱いて」

亜矢子が自分から唇を押し当てて来た。

その後で、亜矢子は言った。

「私にその役をやらせて」

——大沢はタバコをむやみにふかしていた。

「済まんな」

と金田は言った。

「何が？」

「僕がつまらんことを言ったばっかりに」

「あいつも子供じゃない。自分のすることに責任を持つさ」

大沢はまるで怒っているような口調で言った。——事実、怒っていた。亜矢子にも、そして、こうしてやきもきしているしか能のない自分に、何より怒っていたのである。

「戻って来たぞ」

と、金田がバックミラーを見て言った。

「振り向くなよ。やり過ごして、尾行されてないか確かめる」

「俺に教える気か？」

大沢は苦笑いした。

亜矢子は、正確な、きびきびとした足取りで、二人の車のほうには目もくれず歩いて行った。

金田はしばらくバックミラーを見つめていたが、

「OK、もういいだろう」

と肯《うなず》いた。

車がスタートして、たちまち亜矢子へ追いつく。亜矢子が後部席へ乗り込んだ。

「――どうだった？」

と大沢が言った。

「いい人よ。騙《だま》すのが悪いみたい」

「うまく近づけたのか？」

「ええ。また来てくれ、って誘われたわ」

「結構」

金田は振り向いて、「焦るなよ」

と言った。

「心配しないで」

亜矢子は微笑んだ。「これでも学生演劇で賞をもらったのよ。失神するところなんか、見せてあげたかった」

「俺も見せられたよ。訳の分らん芝居さ」

「〈アンチゴーヌ〉を訳の分らん芝居だなんて！」

「誰か友人の名前は出たかい？」

「ええ。大宮司美沙っていう人」

「東風《こち》の言っていた女だな。――父親が大金持なんだろう」

「そのようね」

「木村が狙いそうだな」

と、大沢は車を走らせながら、「おい、昼飯を食べて行くか」

「そうするわ。お兄さん、おごってね」

「こいつ！　安月給を知ってるくせに！」

大沢は笑った。ホッとしているのだ。

「その大宮司って娘に興味があるな」

と金田は言った。

「来週会うわ」

「本当かい？」

「どう？　いい腕でしょ？」

「どこで？」

「大宮司家の別荘。何かパーティがあるそうよ」

「それに招《よ》ばれたのか」

「野田幸子がね。私も一緒にって言ってくれたのよ。それに、あそこの子が可愛いの。ちょこちょこ出て来てね、すっかり私に馴《な》れて……」

「子供に好かれるんだな、君は」

「それもあってね、一緒に行こう、ってことになったの」

「用心してくれよ」

と金田は言った。「木村を見付けたら、すぐに連絡して、君は手を引くんだ」

「分ってるわ」

亜矢子は窓の外へ目を向けた。――彼女の考えは、その点でだけ、金田のそれと食い違っていた……。

2

「まあ、ご主人に恋人が？」

大宮司美沙は、幸子からの電話に目を丸くした。「へえ。――そうなの。――もちろん、構わないわ。ぜひ連れて来て。――ええ、それじゃ待ってる」

美沙は受話器を置くと、自分の部屋を出て、下の居間へと降りて行った。

大宮司泰治は、ＴＶのゴルフ中継を眺めていた。巨体には、何となく似つかわしい絵である。

「パパも自分でやればいいのに」

美沙はソファの一つに寝そべって言った。

「ゴルフをか？　馬鹿げとる。あんなちっぽけな玉を打って何が面白い」

「じゃ、どうして見てるの？」

「やり損なったときの顔が面白い」

美沙は笑った。

「パパらしいわ」

「お前、少しは大学へ行っとるのか」

「たまにはね」

「形だけでも出席してくれと、学長が言っとったぞ」

「社会勉強を表でしてるわ」

「ベッドの中で、だろう」

「パパも皮肉屋になったわね。もうトシなんじゃない？」

大宮司は何も言わずに、しばらくブラウン管を見ていたが、

「――あの男はまだいるのか？」

と、視線はそのままで言った。

「照夫さんのこと？　ええ、いるわよ」

「今度は長いじゃないか」

「そのことで話があって……。結婚したいのよ、私」

「ふーん」

大宮司は大して関心なさそうに言った。

「その男と、か。池……何だった？」

「池上照夫よ」

「池上か。――池上よりは、大宮司照夫のほうがいいな」

「それはまだ話してないわ。――パパ、あの人を病院で使ってあげて」

「失業中なのか？」

「ええ。そういう人なの」

「お前の好みも変っとる」

「パパの血統」

口では負けないのである。「どう？」

大宮司は立ち上がると、TVを消しに立って行った。

「リモコン使えばいいのに」

「いや、少しは運動になる」

大真面目に言うからおかしい。

「で、返事は？」

「一度連れて来い」

「いつがいい？」

「いつだっていい。今日でも構わん」

「ありがとう！　パパ、大好きよ」

美沙は父親の頰にキスすると、居間を飛び出して行った。

「あいつは、全く……」

大宮司は呆《あき》れたように呟《つぶや》いて、笑った。

「――お父さんが？――分った。いや、車でそっちへ――それじゃ待ってる」

照夫は受話器を置いた。――波子が、部屋へ入って来る。

「お嬢さんから?」

「ああ。親父さんが会いたがってる」

波子は、照夫に笑いかけた。

「いよいよね。頑張って」

「俺向きの仕事じゃないがね」

「ほんのしばらくの辛抱よ。わざわざ、お嬢さん、あなたのために背広まで作ったのよ」

「ありがたい話だ。窮屈な思いをするばかりさ」

「車が来るの?」

「彼女が運転して来る」

「じゃ、仕度なさい」

照夫は浴室へ入って、シャワーを浴びた。

生来が、気ままな暮しに慣れている男である。一つの大仕事のために、長い時間、自分を縛っておくのが、苦手なのだ。

これ以上、事態が変らなければ、出て行こうかと思っていた。

照夫をここに引き止めていたのは、一つには美沙の若々しい肢体の魅力であり、もう一つは、美沙、波子、そしてあの意気地なしの石井布子を含めた、この複雑なゲームの楽しみだった。

危険は承知だ。むしろ、照夫にとっては、絶対に安全な生活などというものは、退屈でならない。そう生れついているのだ。

何が起るか、予測がつかない。その意味では、美沙との情事は、最高の快楽を照夫に与えた。

——さっぱりとして、波子が出しておいた下着に換え、ワイシャツ、ネクタイ、背広を着込む。髪もていねいにクシを入れて、ひげも当り直した。

ちょうど仕度が終ったとき、美沙の車が、別荘の前に着いた。

「まるで若社長ね」

美沙は照夫にキスした。

「お父さんに会うんだろ？」

「そうよ」

「気に入られそうもないな。住所不定、無職じゃね」

「パパはそんなこと気にしないの」

美沙は照夫を伴って表に出た。「——波子さん、後はお願いね」

「はい」

波子は頭を下げた。

美沙の車に、照夫が乗り込み、走り去って行くと、波子はちょっと微笑んで、中へ入って行った。

「——パパは無趣味人間なの」

と、美沙は車を運転しながら言った。「だから無理にしゃべらないで」

「助かるよ」

「それでいいの。医学のことも訊《き》かないで。新しい情報には弱いから、不機嫌になるのよ」

「医者なんだろ？」

「病院経営に関しては専門の名医ね、たぶん」

美沙はそう言って笑った。少し神経質になって、昂《たかぶ》っているのに、照夫は気付いた。

この娘でも、恋人を父親に引き合わせるときには緊張するのだと思うと、おかしかった……。

まるで、閉館の日の博物館を思わせる、屋敷の中へ入って、照夫はため息をついた。

こんな所、金をいくらもらっても住みたくないものだ。

「――パパ、池上照夫さんよ」

巨体が、歩いて来た。反射的に、照夫はどうやって殺したらいいだろうか、と考えていた。

もちろん表情は適当に緊張し、適当に笑顔を作っている。

「大宮司だ。池上君か」

「池上照夫です」

「娘が君に惚《ほ》れ込んどるらしい」

「僕もお嬢さんを愛しています」

「美しいな、全く！」

大宮司は大げさな声を上げた。

「結婚させて下さい」

と、照夫は言った。

美沙がびっくりしたように照夫を見た。こんな話をするとは思っていなかったのだ。

しかし、好きな男性が、こうしてきっぱりと自分から口に出してくれるのは、女を感動させる。

「娘はぜいたくだよ」

「仕事も見付けます」

「私の病院で使ってもいいが、君は医者ではあるまい」

「違います」

「すると事務だな。――これから私は病院へ行く。一緒に来るかね」

「よろしいんですか？」

「ああ、君の職場になるかもしれん。表にベンツがある。乗っていてくれ。すぐに行くから」

「はい」

大宮司は、奥へ入って行った。

「照夫さん……。びっくりしたわ。あんなこと言うなんて思わなかった」

「いいじゃないか」

「ええ、もちろん……。嬉《うれ》しい、とっても」

美沙が照夫の頰にキスした。「――じゃ、車に乗っていましょうよ」

「君は来なくていいよ」

「仕事の話は男の領分だ。君がいるとお父さんも言いにくいことがあるかもしれない。僕一人で行くよ」

「あら、どうして？」

「ええ……分ったわ」

美沙は肯《うなず》いた。――照夫が、まるで別人のように見えて、心はときめいていた。

「じゃ、ここで待っててくれよ」

照夫は一人で表へ出ると、待っていたベンツに乗り込んだ。運転手つき、ベンツか。

俺の趣味じゃない、と照夫は思った。自分が動くのなら、他人に任せるべきではない、と照夫は思っている。

大宮司がやって来た。

「待たせたね」

「いいえ」

「おい、病院だ」

ベンツが、いつの間にか走り出している。

車の中では、大宮司はほとんど口をきかなかった。走り出すなり、目を閉じてしまったのである。

眠っているのかどうか、話しかける気にもなれず、照夫は、じっと窓の外を見ていた。

病院は想像していたより、遥《はる》かに大きく、近代的で、立派な建物だった。そしていかにも高そうだった。

広い敷地に、棟がいくつかに分れていて、通路がつないでいる。

ベンツはその一つ、五、六階の高さの建物の前に停った。

急いでドアを開けに走って来るのは、ガードマンらしい。

「おはようございます」

「おはよう」

眠ってはいなかったのだろう。大宮司はすぐに目を開いて、ベンツから出た。照夫が続いて降りると、ガードマンの顔に、一瞬当惑の表情が浮かんだ。

「来たまえ」

大宮司の後から、照夫はその建物に入って行く。

病院の事務というより、モダンなオフィスの感覚であった。明るい壁の色、床、机、すべてが豪華にできている。

女性事務員がズラリと並んで、どう見ても丸《まる》の内《うち》あたりのオフィスである。

大宮司が入って行くと、一斉に、

「おはようございます」

と挨拶《あいさつ》が出た。もう「おはよう」という時間でもないのだが。

女子事務員――特に若い娘たちは、誰もが照夫に目を止めていた。

「まあ入りなさい」

大宮司が、照夫を部屋へ請《しよう》じ入れた。何とも、馬鹿馬鹿しいほどだだっ広い部屋で、照夫も一瞬呆気《あつけ》に取られた。

体のめり込みそうなソファに座らされると、照夫は、大宮司がよくあの体でこんなソファから立ち上がれるものだと感心した。

大宮司は、若い女性の秘書を呼ぶと、病院の説明図を持って来るように命じた。——肉づきのいい、官能的なタイプの女で、大宮司と関係があるのは一目で分る。

照夫は内心苦笑していた。たまらないな、全く……。こういう金持趣味は、照夫の最も苦手とするところである。

コーヒーが運ばれて来る。そして、分厚い病院の説明図のつづりが来ると、大宮司は、テーブルの上に広げて、ゆっくりと説明を始めた……。

「布子！　珍しいじゃないの。しばらく見なかったわね」

美沙は、石井布子を居間へ通しながら言った。

「うん……。忙しくって」

と布子は曖昧《あいまい》に言って、「こっちにいるなんて、美沙こそ珍しいじゃない」

「まあね。飲む？」

「今はいい」

布子は、沈んだ面持ちでソファに座った。

「どうしたの？　何かあったみたいね」

「何か服貸してくれる？」

「服？　いいわよ。どうするの」

「着るのよ。——お見合いの席でね」

「へえ！　面白いじゃない！」

「人のことだと思って……」

と、布子がしかめっつらをする。

「じゃ、二階へ来て選んだら？」

「うん。そうする」

二人は、二階の美沙の部屋へ上がった。美沙自身も、どんな服があったか、よく憶《おぼ》えていない、膨大な量の服を見ながら、

「あの人、どうしたの？」

と、布子が言った。

「あの人？　照夫さんのこと？　今、パパと一緒に病院に行ってるわ」

「病院？　どこか悪いの？」

「違うわよ」

美沙は笑って、「結婚準備」

と言った。

「そうなの。──良かったわね」

布子は言った。

布子は激しい敵意が美沙に向かって吹き上げて来るのを、あわてて顔をそむけて隠さねばならなかった。こんなことは初めてだ。

あの男──池上照夫が言った通り、私は美沙が嫌いなのだ、と思った。

布子は、あの、たった一度の照夫の激しいキスが忘れられない。胸の奥を焼けこがして、その火はまだくすぶっているようだ。沼田と寝たときにも、あんな気分になったことは一度もなかった。

布子は、照夫が自分を愛しているとか、愛してくれればなどと考えているわけではない。ただ、彼を独占している美沙へ、激しい憎悪を覚えていたのである。

「──この服にしようかしら」

「似合わないわ、あなたには」

「そのほうがいいのよ。ぶち壊したいんだから!」

と布子は言った。

その患者は、入院を結構楽しんでいた。

もう初老で、そうそう楽しいこともない。家にいても面白いことはなく、金はあっても空しいばかりだった。

ちょっとした故障で入院して、若い看護婦たちをからかったりしていると、自分でも思いがけないほど若返った気分になる。

「安西《あんざい》さん、ご気分は？」

顔見知りの看護婦がやって来る。

「苦しくて死にそうだよ」

「いい顔色よ。後三十年は生きます」

看護婦も安西の冗談には慣れてしまった。

「今度は誰を描いたの？」

「新任の医者だ。ありゃ大物になれんな」

安西はスケッチブックを広げて見せた。昔少し絵をやったおかげで、こうして似顔絵を描くのが何よりの楽しみだった。

「――あれは？」

安西は、ふと廊下のほうへ目を向けた。病室の入口に立ち止まっているのは……。

「院長先生ですよ」

「いや、それと一緒にいる若い男」

「え？――さあ、誰かしらね」

看護婦は興味のない様子で、「じゃ、体温計を置いて行きますからね」

と言って、行ってしまった。

安西は、もう姿の見えなくなった、若い男の顔を思い浮かべようとした。——どこかで見た顔だ、と思った。

人の顔を憶えるのは、もう習慣に近くなっている。どこで見たのだろう？——安西は苛々《いらいら》と考え込んだ。

血圧に悪い、と看護婦に叱られそうであった。

3

「——本当にいいのかしら」

「今さらだめよ、もう車は走ってるんですからね」

と、野田幸子は言った。

「あちらのお邪魔じゃないんですか」

と亜矢子は言った。

「そんな人じゃないのよ。心配しないで」

幸子は気軽に言った。

よく晴れた日だった。幸子たちを乗せた自家用車は、高速道路を快調に走り続けていた。

亜矢子を伴って行くのは、何か妙なものではあるが、幸子にはそれなりの理由があった。

一つには、俊也が亜矢子の膝《ひざ》で楽しげに遊んでいるせいである。亜矢子には、幸子がどう努力しても敵《かな》わない、本能的な母性があるらしかった。

もう一つは、照夫と会うという緊張感が少しでも、緩められるのではないかという、希望的な観測だった。照夫。——それとも木村久夫と呼ぶべきか。

今までのところ、警察は木村久夫を追い切れていないようだ。手配写真も色あせ、人々の記憶も薄れて行く。

人殺し。——夫も殺されたのだった。犯人の手がかりはないらしい。

幸子はふと無意識の内に後ろを振り向いていた。つけて来る車がないか、と思ったのである。

美沙が教えてくれた尾行は、何日間か、しつこく続いたが、ある日プッツリと絶えた。そしてそれきりだった。

諦《あきら》めたのだろうか？　しかし、警察という所は、そう簡単に追跡を諦めるものなのか……。

ともかく、今は誰にも尾行されていない。それだけは確かである。

「——眠っちゃった」

と、亜矢子が言った。

「あら、本当だ」

俊也が、亜矢子の膝でスヤスヤと寝入ってしまっている。

「重いでしょう。代りましょうか」

「いいわ、大丈夫です」

と亜矢子は微笑んで言った。

「あなたのほうがよっぽど母親らしいわ」

と、幸子は言って笑った。

「——あちらには、どんな方が集まるんですか」

「美沙の別荘？　そうね。よく分らないけど……。何しろ気まぐれだから、美沙は」

「お金持の生活ってどんな風なのかしら」

と亜矢子は窓の外の流れ去る風景を見やりながら、

「私みたいなＯＬじゃ、想像もつかないわ」

と言った。

「退屈よ。本当にそう思うわ」

少し間を置いて、「そうね……美沙と、友達の石井布子とかいう女の子。それに、美沙の婚約者」

「婚約してらっしゃるの」

「ええ。そのパーティなのよ」

「それじゃ何だか、ますます悪いみたい」

「大丈夫。そんな固苦しい集りじゃないから」

亜矢子は、少し間を置いて、

「——婚約者の方って、やっぱりお医者さんなのかしら？」

と、訊《き》いた。

「いいえ、そうじゃないの」

と、幸子は笑って、「あの人、そんな相手は選ばないわよ」

「じゃ、普通のお勤めの方？」

「たぶん、ね……」

と、幸子は言った。「もう半分以上来たわね」

幸子は、照夫のことから話をそらしたかった。

照夫と会って、平静でいられるだろうか？

表情に何かが出るのではないか。――それが恐ろしかったのである。

しかし――恐らくは大丈夫だろう。私が愛したのは、池上照夫であって、木村久夫ではないのだ。

だが、美沙の別荘が近づくにつれ、幸子は次第に落ち着きを失って行く自分に、気付いていた。


「パパはまだ？」

別荘で、美沙は波子に訊いていた。

カウンターにグラスを並べていた波子は、

「まだおいでになりません」

と顔を上げて言った。

「何してるのかしら」

美沙は苛立っていた。

いつもの友達同士のパーティとは違うのだ。父の知人たちを招待して、照夫を紹介するための集りだ。父が早く来てくれないことには、話にならない。

美沙は父の家へと電話を入れた。

「パパはもう出た？——え？——病院へ行ったの？」

美沙は思わず訊き返した。——父が病院へ。一体何があったのだろう。

「お嬢様、何か……」

波子がそばへ来ていた。

「何でもないわ」

美沙は腹立たしげに、「ちゃんと準備をお願いよ」

と言って、二階へ駆け上がって行った。

「——君か」

照夫は鏡の前で髪をとかしていた。

「パパが病院へ急用で出かけたんだって。きっと大地震が来るわ」

美沙の苛立っている様子を、照夫は察していた。

さりげなく美沙の額に唇を触れて、

「落ち着けよ」

「——ええ」

美沙はそっと息を吐き出した。

「僕なら大丈夫だ。巧《うま》くやるよ」

「そうね。それは信頼してるわ」

「何人ぐらい集まるんだ？」

「十……二、三人だと思うわ。パパがいなきゃ話にならないのに」

「きっととげでも刺して抜きに行ったのさ」

美沙は吹き出した。

「そうね……全身麻酔で大手術の最中かもしれないわ」

そう言って笑い転げた。照夫も一緒に笑い出していた。


「安西さん、でしたね」

大宮司は病院室の椅子に身を沈めて、言った。

「そうです」

「患者さんが何か特別なお話があるというときは、たいてい事務長あたりで済む話の場合が多いのですがね」

大宮司は面倒くさそうな表情を隠そうともしなかった。

「いや、これは院長先生、ご自身でなくては、どうにもならんのです」

安西は言った。声が多少緊張で上ずっている。

「どういうご用件ですか」

「これを見て下さい」

安西はスケッチブックを出して、大宮司の前に出した。

「これは……」

「この間、院長先生が連れて歩いておられた若い方を描いたのです」

「なるほど、確かにそう見えます。お上手ですな」

「看護婦に聞いたのですが、この人は、お嬢さんとご結婚の予定とか」

「——まだ本決りというわけではありませんがね」

「そうですか」

「彼が何か？」

「どこかで見かけた顔だと思ったのです」

と、安西は言った。「失礼ですが、身許《みもと》の確かな人ですか？」

「なぜそんなことを？　要点をはっきりおっしゃって下さい」

安西は、ゴクリと唾《つば》を飲み込んだ。

「——これをご覧下さい」

安西は、図書室で見つけてきた古い新聞のつづりを取り上げ、開いて見せた。

「これが？」

「このモンタージュ写真を見て下さい」

しばらく沈黙があった。大宮司は、表情を全く動かさない。安西が、たまりかねて口を開いた。

「どうです？　殺人犯、木村久夫。――よく似ていませんか」

「確かに」

「これはよくできたモンタージュです。同一人といってもいい」

大宮司はしばらく目を閉じていたが、

「――このことを誰かに？」

と言った。

「いや、誰にも話していません」

と安西は首を振った。「つまり、この写真のことが思い出せなくて、ここ何日か、新聞や雑誌のつづりと格闘していたのです。やっと見付けたものですから、一刻も早く、と……」

また、沈黙があった。

「ここで少しお待ちを」

大宮司は立ち上がると、院長室を出て行った。安西は、ちょっと不安げに、ソファに腰かけていた。

「何か？」

秘書が顔を上げる。

「ちょっと外してくれ」

た。

秘書が出て行く。秘書室が空になると、大宮司は、その机の電話を取り上げ、ボタンを押した。

少し長く待って、向うが出た。

「もしもし」

「美沙か」

「パパ？　何してるのよ！」

「すまん。急用でな」

「私のことより大切なの？」

「そう怒るな」

と大宮司は笑って、「もう誰か来ているのか？」

「ええ。佐伯《さえき》のおじさまと、渋谷《しぶや》さんが――」

「もう池上君に引き合わせたのか？」

「そうよ。だって仕方ないじゃない？――まずかったの？」

「いや、それならいい」と大宮司は言った。

「まだ用は済まないの？」

「そうだな。――後三十分ぐらいかかる」

「早く来てね。照夫さんが巧くお相手してるけど」

「はい」

「あの男なら、大丈夫さ」

「早く来ないと、ホスト役を乗っ取られるわよ」

と、美沙は笑って言った。

電話を切ると、大宮司はちょっと考えてから、今度は内線にかけた。

「麻酔です」

「大町《おおまち》君はいるか、大宮司だが」

「院長！　ちょっとお待ち下さい」

すぐに、低音のよく通る声が伝わって来た。

「大町です」

「緊急、かつ内密な相談がある。こっちへ来てくれ」

「かしこまりました」

電話が切れると、大宮司は、院長室へと戻って行った。

「安西さん」

大宮司は、立ったままで言った。「あなたのおかげで大事に至らずに済みました。何とお礼を申し上げていいか分らないほどです」

「いや、そんなことは──」

安西は、ホッと息をついた。

「ただ……うちの娘の恋人が殺人犯ということが世間に知られるのは、困るのです」

「それは承知しております」

と安西は肯《うなず》く。

「しばらくは口外せずにいていただきたいと思います」

「お約束します」

「ありがたい」

大宮司はちょっと顔を動かした。笑ったつもりらしい。

「お礼――と申しては何だが、病室を移っていただけませんか」

「病室？」

「この病院の最高の部屋を無料でご提供しましょう」

「そ、それはどうも……」

安西は頰を紅潮させた。ここの最高の病室は最高級ホテル並みのデラックスな部屋だと噂には聞いていたのだ。

「早速、手続きをいたします」

大宮司はインタホンのスイッチを押した。


「――着いたわ」

幸子は言った。「俊也はどうしようかしら」

「私、抱いているから」

「そう？　悪いわね」

車が、美沙の別荘の前に着く。

美沙が玄関から出て来た。

「よく来てくれたわね！」

幸子が、亜矢子を紹介した。「ともかく、中へ――」

玄関のドアを入ると、幸子は俊也を寝かせに二階へ上がって行った。

「――急にお邪魔して」

亜矢子は照れたようにうつむいていた。

「いいえ、構わないんですよ。あ、私の婚約者をご紹介します」

亜矢子は顔を上げた。一人の青年が歩いて来る。

亜矢子は、今自分が殺人者と向かい合って立っていることを、なかなか信じられない気持だった。――だが、これは木村久夫の顔だ。

「初めまして」

と、その青年は微笑みながら言った。

第八章　悪魔はやさしく微笑む

1

いつもなら、午後の昼寝の時間なのに、安西はさっぱり眠れなかった。

人間は——特に安西のような年齢《とし》ともなると、環境の変化で興奮してしまうものである。今まで入院していた病室に比べると、その特別室は正に別世界だった。

装飾の施された豪華なベッド、敷きつめられた絨毯《じゅうたん》、頭上を飾るシャンデリア……。TVは二十七インチのカラーで、ベッドの傍のリモコンで操作できる。おまけに、〈BGM〉というスイッチを押せば、静かな音楽まで流れ出すのである。

ここが病室であることを思い出させるものは、看護婦を呼ぶためのボタンと、ベッドの足下に置かれている、車椅子ぐらいのものであろう。

車椅子といっても、ちゃんと電動のモーター付である。何から何までデラックスなホテルのようだ。

おそらく、まともにこの病室へ入ったら、一日数万円という料金だろう。それがタダで済むのだ！

安西が興奮して眠れなくなるのも当然といえば当然だったろう。

しかし、安西があの若い男——院長の大宮司の娘の婚約者を、殺人犯だと見抜いていなかったら、大宮司は大変なスキャンダルに巻き込まれるところだったのだ。それを考えれば、この程度の謝意を受けるのに遠慮はいらない。

安西は、ゆったりとベッドの中で手足を伸ばした。一般病室とは比べものにならない、広いベッドだ。

そう、正に何一つ不足のない状態だが、しばらくいれば、また却《かえ》って飽きてしまいそうでもあった。六人部屋では、他の患者と、その見舞客を観察する楽しさがあったが、個室となるとそうはいかない。

まあいい。ともかく四、五日はここの暮しを楽しむ。それから退屈すれば、また一般病室へ戻ればいい。ちょっとした旅行のようなものだ……。

「そうだ」

思い付いて、安西は、傍のテーブルの電話へ手を伸ばした。最新型のプッシュホンが備え付けてあるのだ。

外へかけるときは、ホテルなどでは0を押すのだが……。試みに0を押すと、発信音が聞こえた。安西は息子の家の番号を押した。

「——安西です」

自宅でデザインの仕事をしている息子が直接出た。

「慎一《しんいち》か」

「何だ、父さん。どう、具合は？」

「ちょっと用があってな」

「何なの？」

「明日、ここへ来てくれないか」

「うん……。ちょっと忙しくてね」

急に息子の口が重くなる。車なら、せいぜい四十分で来られる。遊びや女のためなら、一時間ぐらいの道は平気なくせに、と安西は苦笑した。

「もう二か月も来てないぞ。そろそろ顔を見せてもよかろう」

「分ったよ」

慎一は、渋々言った。「でも昼は仕事の打ち合せがあるんだ。午後になるよ」

「ああ、構わん。お前をびっくりさせることがあるんだ」

「へえ、何だい？　まさか若い看護婦と再婚するっていうんじゃあるまいね」

「親をからかう奴があるか、ともかく、来てみれば分る」

「OK。じゃ、明日——」

慎一のほうから、早々に電話を切ってしまった。安西は肩をすくめて、受話器を戻した。

全く、子供なんて冷たいものだ。——明日ここへ来たら目を回すだろう。

安西は思わずニヤリと笑った。

ドアをノックする音がした。

「どうぞ」

入って来たのは、中年の紳士で、白衣は着ているが、医者というより実業家のようなタイプである。一般の病棟を歩いている若い医師たちのひっかけている、くたびれ切った白衣と違って、今、洗いたてという感じの白衣だった。

「安西さんですね」

その医師は微笑んで、「大町と言います」

「何か……」

「院長から、特にあなたのことをよろしくと頼まれましてね」

「それはどうも」

「何かお入り用のものはありませんか？　酒や女以外のものならたいていは持ってきますからね」

「どうもお気遣いいただいて」

安西はちょっと笑った。「――実際、すばらしい部屋ですな」

「先月は山崎大臣が入院なさっていたのですよ」

「山崎？――大蔵大臣の？」

「そうです。あまり知られたくない入院治療には、この病院は最適ですからね。院長はその筋にも知り合いが多いので、よく頼まれるのです」

安西はますます目が冴《さ》えて来てしまった。大町は続けて、

「いかがです？　新しい部屋でお疲れでしょう。慣れるまではね。少し眠られたほうがいい」

「分ってるんですが……どうも、年がいもなく興奮しとるのか、いつもなら自然に目がふさがって来るのだが、今日はさっぱりでしてね」

と、安西は、ちょっと照れたように言った。

「それなら、睡眠薬をさし上げましょう」

と大町が言った。

「いや、癖になっては――」

「大丈夫。いい薬があるんですよ。イギリスのものでね。これは全く習慣性や副作用がありません。高いので、普通の患者には出さないのですが、あなたは特別です。今、お持ちしますよ」

「それはどうも」

大町は部屋を出て行った。安西は自分があたかもＶＩＰになったかのように思えて、いい気分だった。

大町はすぐ戻って来た。

「さあ、どうぞ。――今、水を」

錠剤を二つ、安西の手にのせると、奥のドアを開けて――ここにはトイレもついているの

だ！――洗面所から水を入れたコップを手に戻って来た。

「さ、水をたっぷり飲んで、一気に飲み込んで下さい。糖衣ではないから、ちょっと服《の》みにくいかもしれませんが」

「いや、恐縮です……全く……」

安西は錠剤を口の中へ放り込み、一気に水を飲んだ。

大町はコップを受け取ると、洗面所へ行き、ていねいにお湯で洗った。それから、タオルで拭《ぬぐ》って、手を触れないよう、そっとタオルでつまみながら、洗面台の端に戻した。

「――いかがです？」

大町は病室へ戻りながら、声をかけた。

安西は返事をしなかった。すでに深い眠りが――永久に終ることのない眠りが、安西を捉《とら》えていたのだ。

大町は用心深く安西の脈を取り、毛布をはいで、胸を開いて、耳を当てた。それから、瞼《まぶた》を押し上げて、目を見た。

それから、大町は、プッシュホンのほうへ手をのばした。

車の中の電話が鳴った。

大宮司はすぐに受話器を取った。

「大町です」

「どうだ？」

「ご指示の通りにしました」

「ご苦労だったな。後を頼む」

「お任せ下さい。特別室はずっと閉鎖中のままになっています。誰も気付きはしません」

「君には感謝しているよ」

大宮司は、無表情な口調で言った。「明日、私の家へ来てくれないか」

「参ります」

「夜がいいな。一つ、船で沖へ出て飲もう。女も呼んでおく」

「いいですねえ」

「そのときに、君に辞令を渡す」

「辞令ですか？」

「来月一日付で副院長だ」

「ありがとうございます！」

大町の声が少し震えた。

「十時に来てくれ。待っているよ」

大宮司は受話器を戻した。――ベンツはちょうど別荘に着いた。

「――パパ！」

玄関ホールに入ると、美沙がやって来た。酔いと興奮の相乗作用か、頬が紅潮している。

「遅くなって済まん」

大宮司は娘の頰を指先で撫《な》でた。

「もう場所がないわよ」

美沙は笑いながら、「照夫さんが、みなさんの相手をちゃんとつとめてるわ」

と父親の腕を取った。

「あの男なら大丈夫だと言ったろう」

「叔父《おじ》さんたちも、すっかりお気に入りよ。さっき私に、『どこの跡取り息子だ？』って訊《き》いてたわ」

居間のほうへ歩いて行くと、階段のほうから、野田幸子の子供の俊也が勢い良く走って来て、大宮司にぶつかりそうになった。

「おっと！」

「あらあら、俊也ちゃん、気を付けて！」

子供を追いかけて来た女性が、足を止めて大宮司を見た。

「ああ、パパ、紹介するわ。野田さんのお友達で、金田亜矢子さん。——亜矢子さん、私の父よ。こんな美女の親には見えないでしょ」

「口の悪い娘だな、全く」

大宮司は笑いながら言って、亜矢子の手を握った。

「どうぞゆっくりして行って下さい。——私は居間で挨拶《あいさつ》がある。では失礼」

亜矢子は、居間へと、腕を組んで歩いて行く大宮司父娘の後ろ姿を見送っていた。変った取り合せだが、それ以上に、亜矢子は、自分の理解を超えた何かを感じた。

美沙は美しく、頭もいいが、木村久夫に——いや、池上照夫に、夢中になっている。大宮司は、いかにもやさしげで、貫禄《かんろく》に溢《あふ》れているが、手を握られたとき、なぜか亜矢子は一瞬、肌寒いものを覚えて当惑した。

別世界の人間たちなのだ、と思った。あくせくと働いて、日々の生活に追われている人々とは、違う世界に住んでいる。

あの大宮司という男にしてからが、医者とはいっても、むしろ実業家のイメージがある。それも財を成した変人というところだ。

娘の結婚相手といえば、普通の父親なら心配になって、あれこれと調べたりするだろうが、大宮司は何の疑いもなく、池上照夫という男を受け容《い》れているらしい。ちょっと調べてみれば、偽名ということぐらい、分りそうなものだが……。

俊也が、じれったがって、亜矢子の手を引っ張った。

「あ、ごめんね。じゃ、どこで遊ぼうか?」

と、亜矢子はかがみ込んで言った。

「悪いわねえ」

居間のほうから、幸子が出て来た。「俊ちゃん、あんまりお姉ちゃんを困らせないで」

「いいんです。とってもいい子にしてるもの、ね?」

俊也が、母親の顔を見ると、

「おしっこ」

と言った。

「はいはい。これじゃムードも台無しね」

幸子は笑いながら、俊也の手をひいて、階段を上って行った。途中で振り返ると、

「あなたも少し飲んだら？　気楽にやればいいのよ」

と亜矢子へ声をかけた。

「ええ」

亜矢子は一人になると、軽く息を吐き出した。

一体、ここで何をしているのだろう？　木村久夫は見付けた。後は簡単だ。——口実を作って外へ出る。兄の所へ電話をかける、それで目的は達したことになるのだ。

それなのに、自分はここで何をしているのだろう？

「金田さん、こちらへいらしたら？」

美沙が戻って来て声をかけた。

「ええ」

亜矢子は、居間へ入って行った。

大宮司を中心に、にぎやかな話と笑いの輪が出来ている。集まっているのは、親類縁者と、親しい友人たち、ということだったが、亜矢子の目には、大宮司が、他の人間たちをはべらせ

ている、と映った。

「パパは王様だから」

美沙が、亜矢子の考えを読み取ったかのような口をきいたので、亜矢子はギョッとした。

「王様？」

「そう、太ってるだけじゃなくて、何しろ金持だものね。金が力の世の中よ」

美沙は、分別くさいセリフを口にして、照れたように笑った。「さ、何か飲むでしょ、あなたも？」

「でも、あんまりいただけないので……。何か軽いカクテルでも」

「波子さん、作ってあげて」

「はい」

亜矢子は、静かに立ち働いている、この波子という娘にも、興味をひかれていた。

美沙とは全く違うタイプだが、なかなか愛らしい顔立ちをしている。しかし、その表情は、笑いを忘れたかのように、笑顔になっても、少しも愉《たの》しげには見えなかった。

カウンターでカクテルを作って、亜矢子へ差し出すと、波子は、氷を取りに出て行った。

「——あの人は、この辺の人なのかしら」

と、亜矢子が言うと、

「違うわ。というか、よく分らないの」

「分らない？」

「そう。ちょっと面白い事情があってね」

美沙が話しかけたとき、照夫がグラスを手にやって来て、二人に加わった。

「少し疲れたよ」

「ご苦労様。座りましょう。亜矢子さん、あなたも」

「お邪魔になりません？」

「いいのよ、これからいやっていうほど二人でいられるんだから」

美沙は笑いながら言った。

三人は、居間の隅のソファに並んで座った。何となく、照夫を挟んで、女性二人が座る格好になる。

「両手に花だ」

と、照夫は、少し酔って頰を染めながら言った。

「摘むのは一方だけよ」

と美沙が照夫にもたれかかる。

「――親戚《しんせき》の人たちはいつもあんな風かい？」

「あんな風って？」

「君のお父さんの周囲に群がって、尻尾《しっぽ》を振ってるじゃないか」

「皮肉屋なんだから」

美沙は笑って、「金持が嫌いなくせに、金持の娘と結婚しようっていうの？」

「君自身は一文無しじゃないか」

「あら、私は多少貯金があるわ。あなたこそ文無しでしょ」

「食って行くぐらい、どうにでもなるよ」

「パパはあなたを使う気よ」

「事務でね。毎日出勤して、机に向かうなんて、とても僕向きじゃない」

「適当にやればいいのよ。パパにしてみれば、娘の夫が無職じゃ困るというだけなんだから……」

「あなたは勤めてるんですか？」

亜矢子は、急に照夫が話しかけて来たので、一瞬ギクリとした。

「ええ。速記のお仕事で……」

「キャリアウーマンというやつですね。自分の力で生活して行くというのは、すばらしいな」

「私だって、自分の力で生活してるわ」

と、美沙が言った。

「君が？」

「自分の魅力でね」

照夫は愉快そうに笑った。それから、亜矢子のカクテルグラスを取って、

「もう一杯作って来ましょう」

と立ち上がった。

「私、もう結構ですから」

「軽いのを作ります。ご心配なく」

照夫が歩いて行くと、亜矢子は、何となく美沙から目をそらして、居間の中を見回した。

池上照夫。――あれが本当に、何人もの人間を殺した殺人犯なのだろうか？　如才なく、スマートで、確かに魅力のある男だ。

しかし、危険な男とは見えない。そこが、最も危険なところなのかもしれないが……。

「――さあ、どうぞ」

照夫が、戻って来て、亜矢子にグラスを手渡した。亜矢子は、今、何人もの人間を殺したその手から、グラスを受け取っているのだと思った。

亜矢子は、いつもなく、思い切ってカクテルグラスを傾けた……。

2

「――電話は？」

金田は捜査一課の大沢の机の前に立って言った。

大沢は、書類を広げていたが、よく見ると、ウツラウツラ眠っている。金田は苦笑して、持って来たハンバーガーの包みを机の上に置き、大沢の背中をドンと叩《たた》いた。

「――おい！　びっくりするじゃないか」

大沢は目をパチクリさせて、それから、大欠伸《あくび》した。

「徹夜か?」

「交替がいなくなっちまってね。人手不足だよ」

「じゃ、応接室ででも少し眠っちゃどうだ。僕がここにいる」

「俺の職を奪う気か? 冗談じゃない!」

大沢は紙コップのコーヒーを見ると、手に取って、ぐいと一口飲んだ。

「そんな物好きがいるもんか。亜矢子さんから連絡は?」

「ない。あいつめ、毎日電話して来ると言っといて……」

大沢は不平たらたらで、ハンバーガーの包みを破った。

「ハンバーガーに当るなよ。心配なら行ってみるかい?」

「却《かえ》ってやばいよ。俺の経験から言ってもそうだ」

本心は、大宮司美沙の別荘へ飛んで行きたいのを、刑事としての理性が何とか抑えているのだ。

「木村に会っていれば、すぐ連絡して来るよ。連絡がないのは、会わなかったということだろう」

と金田は言った。

「それならそれで電話ぐらいしてくりゃいいんだ!――おい、何時だ?」

「十時かな、そろそろ」

電話が鳴った。口一杯にハンバーガーを頬ばっていた大沢の代りに、金田が取った。

「もしもし」

「亜矢子さんか」

「まあ、あなたなの」

亜矢子の声が嬉《うれ》しそうに弾んだ。

「兄さんは食事中だよ。どこからかけてる？」

「表の喫茶店。別荘はホテルよ、まるで。野田幸子と同じ部屋なんだけど、今、子供と一緒に買物に来てるの。大丈夫よ」

「連絡がないから心配していたよ」

「ごめんなさい」

亜矢子はちょっと間を置いて、「別荘には来てなかったわ」

と言った。

「そうか。そこに木村がいたら、ちょっと出来すぎだな。――楽しいかい」

「あなたがいないから、つまらないわ」

受話器のそばに耳を寄せていた大沢が、ムッとした顔で、受話器を引ったくって、

「のろけるために電話して来たのか！」

と文句を言った。

「あらお兄さんもいたの」

「悪かったな。――どうだ。何かつかめそうか？」

「もう少し幸子さんと親しくなって、話を聞き出すわ。何か分れば、すぐに電話する」

「まだそこにいるのか？」

「一日二日はね。午後は船で沖に出ようか、って言ってるわ」

「船？」

「大きなヨットを持ってるの、大宮司って人。それに客を乗せて行こうってわけ。――あ、幸子さんが戻って来たみたいだから、またね」

大沢は、受話器を戻すと、

「こっちが心配してやってるのに、船遊びと来た。畜生！」

と八つ当り気味に言って、またハンバーガーにかみついた。


「いいお天気よ、外は」

部屋へ入って来ると、野田幸子は言った。

「ねえ、一緒に散歩に出ない？　海岸へ出られるのよ」

「いいですね」

と、亜矢子は言った。「俊ちゃんも少し運動しなきゃ、ね？」

俊也は、母親の手から離れて、亜矢子のほうへ走って来た。

「あらあら、どっちがお母さんか分らないわね」

と、幸子は笑った。「じゃ、ちょっと着替えましょ。あなたはその服でいい？」

「これしかないんですもの」

「あ、そうか。じゃ、美沙さんのでも借りたら？」

「大丈夫だわ、これでも」

亜矢子はそう言って、「じゃ、俊ちゃん、先に下へ行ってましょうか」

と俊也の手を取った。
五、六分歩くと、海岸へのゆるい坂道があって、砂浜がしばらく弓なりに続いていた。
本当によく晴れて、暖かい日だった。

俊也は、この広大な砂場に有頂天で、せっせと一人で遊び始めた。

「――我ながらびっくりだわ」

スラックス姿の幸子が、砂地に腰をおろしながら、言った。

「え？」

「天気がいいと、散歩に出ようかなんて考えるんだもの。夫が死ぬ前は、そんなこと思いもしなかった」

「子供さんのことを考えるからでしょう」

亜矢子は、スカートが風でめくれないように用心しながら、並んで腰をおろした。

「そうね。――私はだめな母親よ」

「そんなことないわ」

「でもね――」

幸子は青空をまぶしげに見上げて、「以前は男なしで一週間もいられなかった。苛々《いらいら》して来てね。子供にも当り散らしたし。それが、今は男なんて、少しも欲しいと思わないの」

「ご主人を愛してたんでしょう」

「そういうことになるのかしら」

幸子は軽く声を上げて笑った。「ちょっと手遅れだったようね」

二人はしばらく、砂浜を駆け回っている俊也を眺めていた。

「俊ちゃん！　あんまり近くに行くと濡《ぬ》れるわよ」

と、幸子が声をかけたが、むろんそれで子供が止まるはずもなく、俊也は波打ち際のほうへ、タッタッと走って行き、みごとに転んでパシャッと水しぶきを上げた。

「あらあら――」

二人で急いで駆け寄る。俊也は平気でニコニコ笑っていた。

「強いのねえ、俊ちゃん」

と、亜矢子は言った。

「着替えさせなきゃ。じゃ、私、先に戻るわね」

「ええ、少ししたら帰るわ」

亜矢子は、俊也を抱っこして戻って行く、幸子を見送った。――夫をいつも裏切り続けた女性とはとても見えない。夫の死をきっかけに、「女」から、「母親」へと変ったかのようだ。

亜矢子は、砂浜の端に突き出ている岩場へ歩いて行くと、手頃な岩の上に腰をおろした。波の音が、もの憂く、眠りを誘うようだった。

なぜだろう。——なぜ、木村久夫を見付けたと金田に言わなかったのか？

理由は、亜矢子自身、分っていた。木村久夫を、ただ、殺人犯として逮捕させたくないのだ。

女を殺しただけでなく、女の愛を裏切った。それは、女にとって、二度殺されたのにも等しい。

あの男は、ただ手錠をかけられるだけなら、別に何とも思うまい。逮捕されることは、もちろん逃れたいに違いないが、それは彼を拘束しても、彼を敗北させることにはならないのだ。

木村久夫を打ちのめすには、何か他の方法が必要なのだ……。

亜矢子は、ふと人の気配に振り返った。

木村久夫が——いや、池上照夫が立っていた。

「——あら」

「おはよう」

照夫は微笑みながら近付いて来た。

「どうも……」

「一人で何をしてるんです？」

「考え事を」

「恋人のこと？」

「そうじゃありません」

亜矢子は、不思議に、緊張感を覚えなかった。「お散歩?」

「まあね。眠気ざましってとこかな」

照夫は頭を振って、「実際、金持連中には付き合いきれませんよ」

「昨夜は遅くなったんですの?」

「今朝――といったほうがいいんじゃないかな。三時過ぎでしたね、ベッドに入ったのは」

「まあ、大変」

「それから美沙の相手ですから」

亜矢子は思わず笑ってしまった。自然に笑いが出て来るのが、自分でも不思議だった。

「金目当ての結婚も疲れます」

「ご冗談ばっかり」

「いや、本当です。結婚して、美沙を殺して財産を手中にしようと計画してるんですよ」

亜矢子は、思わず照夫の顔を見つめた。――間があって、それから、照夫は笑い出した。亜矢子も、つられて笑った。

不意に、照夫が亜矢子を抱き寄せた。あっという間の出来事だった。亜矢子は照夫に唇を吸われていた。身を振り離せないほどの力ではなかったが、亜矢子は動けなかった。押しつけられる胸の圧迫感と、唇をふさがれた息苦しさに、奇妙な戦慄《せんりつ》を覚えた。

「――ご挨拶《あいさつ》です」

亜矢子を離すと、照夫はそう言って、微笑んだ。

「びっくりしましたわ」

亜矢子は息をついて言った。

「すみません」

照夫はそう言って大きく伸び上がると、「戻りませんか」

と、亜矢子を見下ろした。

こういうタイミング、間合が、実に巧《うま》い。何となく相手を怒らせずに済ましてしまうのだ。これは先天的な、一種の才能のようなものだろう。おそらく、照夫自身は、そうしようと思っているわけではないのだ、と亜矢子は思った。

「ええ、戻りましょう」

亜矢子は立ち上がった。

別荘へ着くと、美沙が階段を降りて来て、

「どこにいるのかと思ったわ。——もう浮気？」

「ちょっとお話を……」

と、亜矢子は曖昧《あいまい》に言った。

「気を付けてね。この人は女性の敵だから」

美沙は楽しげに言って、照夫の腕に自分の腕を絡ませた。

まさか、自分の冗談が事実だとは、思ってもいないだろう。

「その敵と結婚するのかい」

照夫が言うと、美沙は、

「汝《なんじ》の敵を愛せ、って教えに忠実なの、私」

とやり返した。「お昼は船の上で食べようってパパが言ってるわ。あなたもご一緒にね」

と、亜矢子へ向かって言うと、返事も待たず、照夫と一緒に階段を上がって行ってしまった。

亜矢子は、ぶらぶらと居間へ入って行った。――まだ他の客は眠っているのか、人の姿はない。亜矢子はソファの一つに身を沈めた。

「おはようございます」

と波子が入って来る。

「朝から大変ね」

「何かお飲みになりますか」

「そうね、でも……」

「コーヒーでもお持ちしましょう」

「じゃ、お願いするわ」

あまり遠慮してばかりいてもいけないのかもしれない、と亜矢子はそう言った。

「私もね」

と入って来たのは幸子だった。

「俊也君は？」

「眠っちゃったの」

と、幸子はソファに座って、「子供っていいわね。好きなときに好きなようにしてりゃいいんだから」

「結構当人は苦労してるつもりかもしれないわ」

と、亜矢子は言って、「あの波子さんっていう人、何か変った事情があるんですって？」

と訊《き》いてみた。

「そうよ。美沙から聞いてないの？」

「ええ、まだ」

「記憶を失ってるの。この近くの海岸に流れついたのを、美沙が助けてここに置いてるのよ」

「記憶を……」

「そう。素性も何も分らない。海で見付けたから、〈波子〉とついてるわけ」

「そんなことがあるのね」

亜矢子は、半信半疑のまま言った。しかし、この世界なら、そんなことがあっても不思議はないという気がした……。

3

安西慎一は、父親の病室のドアを勢いよく開けて、しまった、と思った。

「ここは病院だぞ、もっと静かに開けろ！」

と父からいつも言われるのだ。

デザイナーとはいえ、一流というわけでもない慎一は、せっせと仕事をこなして行かなくてはならない。つい何事もせかせかとやる癖がついてしまっているのだ。

だが――慎一は、父のベッドが空になっているのに気付いて、当惑した。

病室を間違えたのかな？

慎一は廊下へ出て、名札を見た。安西の名が消えている。――どうなってるんだ。

「失礼」

と慎一は、通りかかった看護婦をつかまえて、父のことを訊いてみた。

看護婦は、

「受付でお訊きになって下さい」

と、素気なく行ってしまう。

仕方なく、慎一は一階へ戻って、受付で父のことを訊き直した。しばらく待たされて、苛々《いらいら》していると、

「安西さんですか」

と、声をかけられた。

中年の、落ち着いた紳士である。

「はい……」

「副院長の大町と言います。お話があります。どうぞ」

大町は、新しい肩書を名乗っていた。

廊下を少し行って、静かな所へ来ると大町は立ち止って、

「実はさっきからお宅へ電話していたのですよ」

と言った。

「うちへ？　そうですか。朝から出かけていて……。父に何か……」

「お気の毒ですが、亡くなられました」

慎一は大町の言葉を、しばし解しかねていた。

「父が……死んだんですか」

「お気の毒です」

と大町は言った。「今朝から急に容態が悪くなりましてね」

「しかし連絡も――」

「急激だったのです。手の打ちようがなくなってから、ご連絡したのですが……」

「分りました」

実感がないままに、慎一は肯《うなず》いた。他にどうしようもない。

「昨日、電話じゃ元気な様子だったのに」

と慎一が呟《つぶや》くと、大町は眉《まゆ》を上げて、

「昨日？　電話が行ったのですか？」

と、やや鋭い口調で訊いた。

「ええ。何かびっくりさせることがあるから会いに来いと……」

「何かおっしゃっておられましたか」

「いいえ、それだけです」

「そうですか」

大町がそっと息をついた。「――こちらです。ご案内しましょう」

慎一は、大町の後について歩き出した。

父の遺体と対面して、大町と別れてから、やっと慎一は、父の死を実感した。

ずっと入院していたとはいえ、すぐにどうこうということはないと思っていたので、ショックも大きかった。葬儀のこともある。

慎一は自宅へ電話を入れた。ちょうど妻が帰ったところで、慎一は方々の親類知人へ知らせてくれ、と頼んで電話を切った。

自分で父の死を何度も他人に説明する気にはなれない。

慎一は、ふと思い立って、父のいた病室へと足を運んだ。

空のベッドの前に立つと、父の遺体を前にしたときよりも、父を失ったという思いが胸に迫って来る。

「――安西さんの息子さんですね」

と、隣のベッドの、中年男が声をかけて来る。慎一も顔を憶《おぼ》えていた。

「そうです」

「安西さん、亡くなったんですってねえ。お気の毒に。あんなにお元気でいらしたのに」

「どうも……」

「昨日、急にベッドが空になったので、どうしたのかと思ったんですよ」

「昨日？」

慎一は訊き返した。「今朝、具合が悪くなったんじゃないんですか？」

「いや、昨日ね、急に病室を移ったんですよ」

「病室を移った？」

「ええ。何だか興奮してましてね、『院長に大切な話がある』と言って、看護婦を困らせていました」

「院長というと……」

「大宮司院長ですよ。我々はめったに顔も見られませんがね」

「何の話だったんでしょう？」

「さあね。分りませんな。訊いてみたんだが、言ってくれなかった」

「結局、院長には会えたんでしょうか？」

「それも分りません。看護婦はだめだと言ってましたが。――何なら看護婦へお訊きになったらいかがです？」

「そうします。どうも」

「ああ、看護婦の名は村野《むらの》というんです」

病室を出ようとする慎一へ、その患者が声をかけた。

慎一は何となく、その「大切な話」というのが気になった。ベッドを移ったというのは、何か病院側の事情によるものかもしれないが、父がそれほど院長に会うのを固執したというのが、慎一には奇妙に思えたのである。

父は大体が穏やかな性格で、年齢《とし》を取って多少は頑固になったかもしれないが、筋の通らないことを言って、人を困らせることはなかった。

村野という看護婦は、幸いすぐに見付かった。慎一が話をすると、

「ええ、私も困ってしまって……」

と肯いて、「院長先生は病院におられなかったので、秘書の方に伝えました」

「父が院長先生にお目にかかったかどうか、分りませんか?」

「さあ……たぶんお会いになったんじゃありません? はっきり分りませんけど、あの後で、院長先生のベンツが玄関に着くのを見ましたから。本当なら、昨日は先生、おいでにならない日なんです」

「そうですか。——父の用が何だったのか、聞きませんでしたか?」

「いいえ。『おっしゃって下さればお伝えします』って何度も私、言ったんですけど、『これは院長先生個人に係わる重要な問題だから、他の人間には話せない』とおっしゃって……」

「個人的な問題、ね。いや、どうもありがとうございました」

慎一は、立ち去ろうとして、「今日は院長先生はおいでですか?」

と訊《き》いた。

「いいえ。月に四、五回しかみえません」

「なるほど」

慎一は、病院の受付のほうへと戻りながら、何とか大宮司院長に会って話を聞こう、と決心していた。

父がそれほどまでにして、院長に話したかったこととは、何だろうか？


「――素敵ね」

亜矢子は思わず声が高くなるのを、抑えられなかった。

大宮司の船は、ヨットといっても、帆を張る小型のものではなく、亜矢子は、詳しくなかったが、よく外国映画で見るモーターボートの大型のようなものであった。そう、クルーザーとかいったろうか。

甲板にはテーブルが出されて、酒や食物が並べられた。乗船しているのは、今日、仕事で帰って行った人たちを除いて、幸子、亜矢子、それにもちろん大宮司父娘と池上照夫で、総勢十人というところだった。

よく晴れたすばらしい日で、船は沖へ出て、エンジンを停め、静かに波に揺られていた。

「陽に焼けそう」

と亜矢子は太陽を見上げながら言った。

「いいじゃない、少し焼いたら？　私も水着でも持ってれば焼くんだけど」

幸子は、俊也を抱いて、甲板にぺたんと座り込んでいた。

「何か飲みませんか」

照夫が如才なく声をかけて来る。白いスポーツシャツ、白のスラックス、まるで金持のプレーボーイだが、そういうスタイルが、まださまになるのだ。

「何か冷たいものがいいわ」

と幸子が言った。「暑くて敵《かな》わない」

「分りました」

照夫はキャビンの中へ入って行く。

「ちょっと俊也をお願い」

幸子が立ち上がった。俊也を亜矢子が抱き上げると、幸子は、キャビンの中へ姿を消した。

亜矢子は、何となく落ち着かない気持になった。

「いかが、この船は?」

美沙が近付いて来て、亜矢子は、急いで笑顔を作った。

幸子が、キャビンへ降りて行くと、照夫は、冷蔵庫を覗《のぞ》いているところだった。

「やあ、どうしたんだ?」

「なかなか話ができないわね」

幸子は、さり気なく言って、照夫の腕に手をかけた。

「美沙がいるんだ」

「怖いの」

「そうじゃない」

照夫は軽く笑った。

幸子は息を弾ませて、照夫の首に腕を回した。——輝く太陽と、海の香りが、もう忘れてしまったつもりの官能を、呼びさましたようだった。

照夫は、静かに、しかし逆らいがたい力で幸子の腕を解くと、冷蔵庫から、清涼飲料の缶を出して、キャビンを出て行った。

幸子は、その場にうずくまって、荒く息をついていた。

亜矢子は、戻って来た照夫から、缶を一つもらって口を開けると、少し俊也に飲ませてやった。

照夫は、美沙の肩を抱いて、船尾に行った。軽く唇を振れる音が聞こえた。

亜矢子は、海岸での照夫のキスのことを考えていた。もちろん、幸福でも、歓《よろこ》びでもなかったが、そこには確かに女を強く捉《とら》えて逃がさないものがあった。

もし、彼のことを、殺人者と知らなければ、自分も彼に魅せられていただろうか、と自問してみる。はっきり否とは言えない。

「——ありがとう」

気が付くと、幸子が戻って来ていて、俊也を抱き取った。

「私が抱いててもいいわよ」

と亜矢子は言ったが、

「いいえ、大丈夫。きっと少し眠ると思うわ。陽に当ると疲れるから、キャビンに入ってるわ」

亜矢子は、幸子の唇の端が、神経質に震えているのを見てとった。何かあったのだ、と思った。

幸子は俊也を抱いてキャビンへ消え、亜矢子は一人になって、ぼんやりと水平線に目を向けていた。

何もかも忘れてしまいそうだ。何のために、ここにいるのか、自分が誰なのか、さえも……。

ふと目をやると、船尾に腰をおろした照夫と美沙が、キスしていた。甲板のテーブルを囲んで、大宮司を中心に、話は弾んでいる。

キャビンにこもった幸子、抱き合っている美沙と照夫、話を楽しむ大宮司たち、そして一人で海を眺めている自分……。

亜矢子は、この船が、まるで見えない壁で、いくつにも区切られているような気がした。

少し陽が傾きかけて、船は、戻ることになった。エンジンの小刻みな震動が船体を揺さぶって、やがてゆっくりとした上下動とともに、船は波を切って進み始めた。

亜矢子が船尾に一人で立っていると、足音がした。幸子である。

「俊也君は？」

「今、眠ったわ」

幸子は、大きく息をついた。「眠りたくないみたいだったけど、ずっと抱きしめてたらね、寝ちゃった。——悪い母親ね」

「どうして？」

「子供にすがってたのよ。また男が欲しくなって」

亜矢子は、少し間を置いて、言った。

「あなた、再婚すればいいわ」

「そうね……」

幸子は、やっと何かがふっ切れた様子で、微笑みながら肯《うなず》いた。そして、

「美沙も可哀そうに……」

と呟《つぶや》くように言った。

亜矢子はその言い方に、一瞬ハッとした。——幸子は、やはり知っているのだ。照夫が殺人犯だということを。

「おい！」

誰かが叫んだ。「子供が落ちたぞ！」

幸子が弾《はじ》かれたように振り向いた。

「俊也！」

「エンジンを停めろ！」

という叫び声。

幸子を追って亜矢子も甲板へ走った。

「手すりの間から――」

と、客の一人が指さす。

幸子が手すりに足をかけた。そのとき、肩をつかんで引き戻したのは、照夫だった。

「ここにいろ！」

と怒鳴るなり、海へと身を躍らせた。

「あそこだ！」

と誰かが海のほうを指さした。何か、チラリと白っぽいものが波の間に覗いた。船の勢いで、かなり離れてしまっている。

「あそこよ！　照夫さん！」

美沙が叫んだ。波間に照夫の頭が出る。美沙の声が聞こえたらしい。軽く手を上げて見せると、猛然と泳ぎ出す。

「――神様」

うずくまった幸子が呟いた。

照夫の頭が、不意に消えた。

「照夫さんが――沈んだ」

美沙が言った。

「潜ったんだ、大丈夫」

と、大宮司が言った。

長い長い、重苦しい沈黙が続いた。——亜矢子が、我に返って、

「救命具を早く！」

と叫んだ。

誰もがそんなことを忘れていたのだ。一人が急いで浮袋を持って来る。

「船をゆっくりと動かすんだ。あの辺へ向けて」

大宮司の言葉は冷静だった。エンジンの唸《うな》りが足に伝わって、船は静かに向きを変えながら動き始めた。

「出て来ないわ……」

美沙は半分涙声だった。

突然、十メートルほど先の波間に、照夫が顔を出した。俊也の小さな頭が並んでいる。

「出て来た！　助けたぞ！」

一斉に声が上がった。

幸子は顔を上げ、近付いて来る照夫と俊也を認めると、両手で手すりをつかんだ。

「ロープだ！」

船が停止する。照夫は俊也を抱きかかえているので、ともすれば波をかぶって、なかなか近付いて来ない。

亜矢子は裸足《はだし》になると、手すりに片足をかけ、水中へ身を躍らせた。泳ぎには自信があった。抜き手を切って、たちまち照夫の所まで行き着くと、

「俊也君を私に！」

と叫んだ。

俊也の体を片腕に抱き取ると、亜矢子は船に向かって全力で泳いだ。浮袋が投げられて、それに手が届くと、やっと、水の冷たさを感じる。

「子供を——」

船の上からのびる手に、ぐったりしている俊也を差し上げて、やっと渡すと、手が滑って、亜矢子は、水中に潜ってしまった。

もちろん、すぐに浮かび上がる。

振り向くと、照夫の顔が見えない。——照夫は？　沈んでしまったのか？　力尽きたのだろうか……。

突然、浮袋の輪の中に照夫の顔が現れた。

「驚いた！」

亜矢子は息を弾ませながら言った。

「ちょっとびっくりさせようと思ってね」

疲れ切っているはずだが、そう言って、照夫は笑った。亜矢子も一緒になって笑った。

「照夫さん！　大丈夫？」

美沙の声がした。

船に上がると、俊也は毛布にくるまれていた。

「水は吐かせた。大丈夫だ」

大宮司はそう言って、ニヤリと笑った。「表彰ものだな、池上君」

幸子が、涙に濡《ぬ》れた顔で、照夫を見上げた。照夫は、ちょっと照れたように頭をかいて、キャビンへ行った。

亜矢子は、濡れているのも忘れて、じっと立ち尽くしていた。——あれが殺人者の顔なのだろうか？

美沙が、タオルを肩にかけてくれた。

第九章　暗い海の秘密

1

「すっかりお借りしちゃって——」

亜矢子の言い方は、文法的には多少不正解だったかもしれない。

俊也を助けるために海へ飛び込んだので、当然、着ているものはずぶ濡れになってしまった。大宮司の別荘へ戻って来て、美沙の服を借りることになったのである。

裸になってシャワーを浴び、美沙が用意しておいてくれた服を身につける。ワンピースが派手すぎて気恥ずかしいのは仕方ないが、それよりも、他人の下着を身につけることのほうが、何となくきまり悪かった。

「いいのよ。お気に召すといいけど」

美沙は気軽なスラックス姿だった。

「こんな高い服、私には合わないみたい」

と、亜矢子は照れたように笑った。

「そんなことないわ。とっても素敵」

美沙は少し後ろへさがって、亜矢子を眺めた。「あなた、いつも少し地味すぎるんじゃない?」

「美沙さんみたいにパッと目立つ人はいいけど、私みたいにくすんだ人間は、それに似つかわしい服を着なきゃ」

「そんな……。あなたもハッと人目をひくような雰囲気があるわよ」

「素直に聞いておきましょう」

亜矢子は、まだしめり気のある髪を手で触れて、「あら、もう八時近くね」

「九時に夕食。お部屋で少し休んでいて。お呼びするわ」

「どうもありがとう。そうさせていただくわ」

亜矢子は、軽く会釈をして、美沙の部屋を出ようとした。

「亜矢子さん」

美沙が呼び止めた。「照夫さんに力を貸してくれてありがとう」

人に感謝する、ということのほとんどない美沙が、わざわざそう言ったのだ。亜矢子はそれに気付いた。美沙が、それほどまでに照夫を愛しているのだと、亜矢子は知らされて、胸が痛んだ。

「そんなこと……」

口の中でボソボソと呟《つぶや》いて、亜矢子は逃げるように、自分の部屋へと戻った。

らないからだ。

亜矢子が時間を気にしたのは、理由があった。兄や金田へ、連絡の電話を入れておかねばならないからだ。

俊也が海へ落ちるという事件がなければ、今夜には東京へ帰るつもりでいたのである。しかし、借着のままで帰ってしまうわけにもいかない。

今から外出して電話をかけるわけにも行くまい。──亜矢子はしばらく迷っていた。

立ち上がって、ドアを開けると、廊下を見回す。人の気配はなかった。

「大丈夫だわ」

そう呟いて、ドアを閉めると、亜矢子は、部屋の中の電話を持って、ベッドへ行った。ベッドに寝そべって、受話器を上げる。

──呼出し音が二、三度くり返された。

「いないのかしら……」

と、呟いた。カチリ、と音がして、

「亜矢子さん？」

「ええ、私よ。ごめんなさい、遅くなって」

金田の声を耳にして、亜矢子はホッとした。今まで知らずに緊張していたのだと気付いて、却《かえ》ってびっくりした。

「どうしたのかと思ったよ」

「船遊びのときにね、野田幸子の子供が海に落ちたの」

「助かったのかい？」

「ええ、一人が海に飛び込んで……いえ、二人ね、私もいれて」

「何だって？　大丈夫なの？」

「ええ。海底からの電話じゃないわよ」

と亜矢子は笑った。「ただ、そのせいで服がびしょ濡れになって、ここの娘さんのを借りたの。今夜も泊って行かなくちゃならないわ」

「そうか。いや、構わないよ。君の兄さんは、急に他の事件で引っ張り出されて行っちまった」

「それじゃ、ゆっくり会えたのに、残念ね」

と亜矢子は言って、「――肝心のことも忘れてるわけじゃないのよ」

と付け加えた。

「分ってる。焦ることはないよ」

「今のところ……何もないけど」

「僕の見込み違いかもしれないよ」

「野田幸子の知っている人が、後からここへ来るとか言ってたから、もしかしたら、それかもしれないわ」

「いつ頃だい？」

「明日。――たぶん」

「その結果で、後のことを考えよう。木村はもう何人も殺している。決して油断しないで。それから、自分でどうにかしようと思っちゃいけないよ」

「分ってるわ」

「じゃ、気を付けて」

「ええ。またかけるわ」

金田が、ふと気付いたように、

「今、どこからかけてるんだい？」

と訊《き》いた。

「自分の部屋の電話」

「内線か？」

「ええ、たぶん」

「誰かに聞かれないかい？」

「そんなことないと思うわ」

「ともかく気を付けてね」

「ええ。じゃ、また明日、かけるわ」

亜矢子はゆっくりと受話器を戻した。フックに落ちる直前、もう一つ、受話器が鳴ったが、亜矢子は気付かなかった。

まずかった。金田は、通話を終えた受話器に、手をのせたままにしていた。

亜矢子は、女性としては大胆で、かつ用心深い。しかし、やはりプロではない。

金田へ連絡して来るのに、屋内の内線電話を使っている。もちろん、盗聴できないような仕組みになっているのならいいが、もし、誰かに聞かれていたら……。

そんな可能性は、十万に一つであろう。しかし、誰かが交通事故で死ぬ確率が何百万分の一であっても、死ぬ人間はいるのだ。

金田は腹を立てている。

亜矢子にでなく、初めにどこから電話しているのかを確かめなかった自分に、である。室内の電話と知っていれば、話を聞かれても怪しまれないような話し方をしただろう。

「——ああ、参ったよ」

大沢がくたびれ切った様子で戻って来た。

「散々歩き回って、ネズミ一匹出やしない。——おい、亜矢子から何か言って来たのか?」

「うん」

「どうだって?」

「もう一晩泊って来るそうだ。他には何もない」

「いいご身分だな!　別荘暮しか」

口は悪いが、内心ホッとしているのである。

「もう三分早けりゃ間に合ったのに」

「そうか。ちゃんと俺のいないときを見はからってかけてるんじゃないのか？」

大沢はそう言って笑った。「まあよかった。俺もまた出かけなきゃならん」

「すぐに？」

「二時間したら出かける。少しあっちで眠って来るよ。起こしてくれないか」

「いいよ。二時間だな」

「一時間五十分したら起こしてくれ」

大沢は大きな欠伸《あくび》をしながら、奥の応接室へと歩いて行く。ソファで仮眠を取るのだ。そして、ドアへ手をかけながら振り向いて、

「一時間五十五分だ！」

と怒鳴った。

金田はそっと肯《うなず》いて見せた。

大沢の姿が見えなくなると、金田の顔から笑いが消えた。どうにも気になる。

亜矢子の話し方に、彼女らしからぬ、曖昧《あいまい》さがあった。野田幸子の知り合いが明日やって来るという話は、何か急にその場で考え出したように、金田には聞こえた。

しかし、亜矢子に、そんな嘘をつく必要があるだろうか？　別に脅されているという声音でもなかった。

考えすぎだ。金田は自分にそう言い聞かせた。

誰かが目の前に立った。金田は顔を上げた。

「やあ、あなたは――」

　金田は椅子から立ち上がった。

「どうも」

　東風《こち》刑事は軽く会釈した。「金田さん――でしたね」

「そうです」

「大沢さんは？」

「今、眠っているんですが」

　と、金田は応接室のほうを見やって、「起こしましょうか」

「いや、それは気の毒だ」

　東風は首を振った。刑事仲間として、疲れ切って仮眠を取っているのを叩《たた》き起こす気にはなれなかったのだろう。

「野田幸子の件からは、大沢さんの頼み通り、一旦《いったん》手を引きましたがね。その後はどうなりました？」

「まだ結論は出ません」

「調査中？」

「そうです」

「今、野田幸子は？」

「大宮司美沙の別荘ですよ」

「ああ、あの娘。――なかなかの女ですね、あれは」

「同感ですね」

「金持のわがまま娘というだけじゃないよ。――敵に回せば厄介だ」

「敵？」

「たとえば、の話ですよ」

東風は、謎めいた微笑を浮かべた。「どうも、お邪魔しました。大沢さんによろしく伝えて下さい」

「分りました」

東風は捜査一課の部屋から出て行った。

金田は、何となく落ち着かない気分で、歩き回った。

東風という刑事、何を考えているのか。彼にとっては、木村久夫のことはどうでもいいのだ。

東風は、野田幸子が、恋人と共謀して夫を殺したと信じている。根拠は自分の勘だけである。それが事実でないとも言い切れない。犯人が木村である可能性もないではない。しかし、金田はそう思わなかった。

野田幸子には、夫を殺す理由がない。男が殺されればその妻を、女が殺されればその夫を疑うのが、警官の常識である。

東風はその常識に忠実だ。しかし、金田は総《すべ》ての女が、愛人を作ったからといって、夫を殺そうと思うわけではないことを知っている。たとえば、野田幸子は、そういうタイプではない、と金田には思える。

金田は歩き回っていたが、その内、ピタリと足を止めた。

大宮司美沙の別荘まで行ってみよう、と思った。もちろん、直接訪問するわけではない。どこか、見張れる場所があればいいのだが……。

大沢へ言って行くかどうか、金田は迷った。亜矢子を野田幸子に接近させたのは、公務ではない。大沢は宮仕えの身だ。目が覚めれば、任務を抱えて出かけて行く。

金田は、席に残っている、顔見知りの刑事の一人に、時間が来たら大沢を起こしてくれと頼んだ。

「他に伝言は？」

「別に。後は任せろ、とだけ言っておいてくれ」

「了解」

金田が刑事だったころから知り合いの刑事は、軽く手を振った。

金田は、警視庁を出ると、車の置いてある駐車場へと歩いて行った、今出れば、夜中過ぎには、大宮司美沙の別荘に着くだろう。

野田幸子は、少し遅れて夕食の席へ現れた。

「どうだね、子供さんの具合は？」

大宮司が大きな肉の塊にナイフを入れながら訊いた。

「すっかりいいようです。おかげさまで」

幸子は頭を下げた。

「礼なら池上君に言ってくれ」

照夫は、首を振って、

「当り前のことですよ」

と言った。月並なセリフが、照夫の口から出ると、快く響く、と亜矢子は思った。

「あなたには、俊也を二度も助けていただいたわ」

幸子は席について言った。「ホテルの前で、バスにひかれそうになったのを助けてくれたし
……」

「そうだったかな」

照夫は肩をすくめた。

「二度あることは三度ある、にならないように気を付けるんだな」

と大宮司は言った。

給仕する波子へ、幸子は、子供の分を皿へ取り分けてくれないかと頼んだ。そして自分は早く食べ終えると、

「俊也に食べさせますから。――では、失礼します」

と、皿を手に、食堂を出て行った。

「良き母親だな」

大宮司がワインを飲みながら言った。

客は、みんなすでに引き取っていて、食卓は大宮司父娘《おやこ》、池上照夫、亜矢子の四人だけだった。

「パパ、照夫さんを病院で働かせてくれるんでしょう?」

と、美沙が言った。

「そのつもりだ。池上君に異存がなければだが」

「ありがたいお話です」

「結構。——明日にでも、ゆっくり相談しよう。女は除いて、男同士でな」

「まあ、差別ね」

美沙は笑いながら言った。

波子が入って来て、大宮司のほうへ歩み寄った。

「お客様です」

「私に?」

「はい。安西様という方です。ぜひ院長先生にお目にかかりたい、と……」

「診察じゃあるまいな」

大宮司は苦笑しながらそう言って、立ち上がった。

客間へ入ると、背広にブラックタイの青年がソファから立ち上がった。

「大宮司です」

「突然お邪魔して申し訳ありません。安西慎一と申します」

「何のご用ですか。どうぞかけて下さい」

「はい。――実は、父がそちらの病院へ入院していまして、今朝、息を引き取ったのですが」

「それはお気の毒でした」

大宮司は丁重に言った。

「実は――」

慎一は、父が院長に話があると言っていたことを同室の患者から耳にしたと説明して、

「父は、生来、あまり頑固な人間じゃなかったのです。それが、無理を承知で、先生にお目にかかりたいと言っていたそうなので、もし父とお話になったのでしたら、ぜひ、どういう用件だったのか、うかがわせていただきたいと思って、こうして伺ったわけなんですが……」

「なるほど」

大宮司の表情は、全くといっていいほど動かなかった。

「いかがでしょうか」

「そうですねえ……」

と慎一は言った。

大宮司は少し視線を遊ばせて、「私はあまり患者さんにはお会いしないのですよ。いや、決してこれは怠けているのではなくて、却《かえ》って、現場の医師がやりにくかろうと思うからです」

「ごもっともです」

「ですから、一人一人の患者さんについての記憶は至ってあやふやでしてね。――昨日は色々な人に会いましたのでねえ。何しろ一人十分と時間を決めて、厳守したとしても、一日の大半は人との面会で終ってしまうのです。お察しいただきたいのですが」

「それはもう――」

「あなたのお父上にはお目にかかったかもしれないし、会えなかったかもしれない。はっきりした記憶がないのですよ」

「そうですか」

慎一は、肯《うなず》いて立ち上がった。「どうも、こんな夜分に伺って失礼しました」

「いやいや、そんなことは一向に構いませんよ」

大宮司も立ち上がって、愛想良く言った。波子が入って来た。

「お送りしてくれ」

「いや、どうぞお構いなく」

慎一は恐縮しながら、波子に送られて、別荘を出た。

「やれやれ」

どうも気になって、こんな時間に、大宮司を訪ねて来たのだが、むだ足だったようだ。

こっちに取っては父の死は大事件だが、あちらには、日常の出来事にすぎないのだ……。

慎一は、車に乗って、エンジンキーへ手をのばして、ふと、思い付いた。

「おかしいぞ……」

大宮司は、

「昨日は色々な人に会いましたから――」

と言った。

しかし、慎一は、父が院長に会いたいと言ったのが「昨日」のことだとは、一度も言わなかったのだ。

2

「いや、どうもその節は色々、お世話になりました」

と、その刑事はお茶を出しながら言った。

「どうも手が足りませんで、何のおもてなしもできませんが……」

「いや、お構いなく」

東風刑事は、ふちの欠けた茶碗《ちゃわん》を取り上げて、言った。

「こちらへはお仕事ですか」

「まあ半分仕事、半分休暇のようなものですよ」

東風は言った。「忙しくて、日曜も休めん。少しは息抜きもしないとね」

「全くですな」

と、刑事は笑って、「こんな田舎の警察でも、人が少ないので、結構忙しいんです。怠けられんようにできとります」

「同感ですな」

東風はそう言って、茶碗を、足の不揃いのせいか、ぐらつくテーブルに慎重に置いた。

「ちょっとうかがいたいことがあるんですが――」

「何でしょうか？」

「大宮司という医者がいますね」

「大宮司さん？　この辺じゃ大変な名士ですよ」

「娘が一人いる」

「はい。美人ですな、大変に」

「実は、東京での事件に、ちょっと名が出ましてね。もちろん――」

と東風は、急いで続けた。「容疑者とか、そんなことじゃなく、単なる証人なんですが、どの程度信頼がおけるものかと思いましてね」

こういう地方での、「名士」への素朴な信頼は根強いものがある。東風も、その辺はよくわきまえていた。

「それなら問題ないと思いますよ」

と刑事は即座に言った。

「信用できる、と？」

「何しろこの辺一帯でも、知らぬ者のない有名人ですから」

刑事は、自分の言葉が全く理論的でないことに、一向に気付かない様子だった。

有名人だから、嘘をつかねばならぬことのほうが、むしろ多いはずである。

「では、一家で、何かトラブルや事件を起こしたことはないのですね」

「ありません。——少なくともご自身では何も」

東風は、刑事の一言に飛びついた。

「自身では？——というと、身近なところで、何かあったのですか？」

「ええ、まあ……」

と刑事は曖昧《あいまい》に言った。

「聞かせて下さい」

「事故ですよ」

「事故？」

「あのお嬢さんは、よくお友達を別荘に呼ぶんですが、その一人の若い男が、車ごと崖《がけ》から落ちましてね」

「死んだのですか」

「即死です」

「事故という点は確かですね」

「はあ、それはもう——」

「結構です」

東風は深追いはしなかった。地元の警察の反感を買うのは、得策ではない。

「一人だったんですか?」

「その直前に、女の子とモテルにいたようです。喧嘩《けんか》をして、一人で車で出てしまった。大分アルコールも入っていたようでして」

「無茶をやりますね、今の若者は」

「全くです。女の子のほうは、大宮司さんのお嬢さんと親しいんですが、男とモテルへ行くぐらいのことは何とも思っていない。その辺の喫茶店に入るぐらいに考えてるんですからね」

「その女の子の名前と家を教えてもらえませんか」

　と東風は言った。


「石井布子《きぬこ》さん?」

　と、東風は声をかけた。

　スナックの片隅である。――真昼間から、酔っているらしいその娘は、少しトロンとした目で東風を見上げた。

「そうよ。――あんたは?」

「警察の者だけど」

「見かけないわね」

「東京から来た」

「へえ!」

布子は、ちょっと愉快そうに言った。「私、東京じゃ、スピード違反も酔っ払い運転もやってないよ」

「死んだ沼田君のことが訊《き》きたい」

「沼田？　ああ、そんな人もいたわね」

と、布子は投げ出すように言った。

「恋人だったんだろう？」

「昔はね。でも、ベッドの中でだけよ」

「外では？」

「ただのぐうたら息子よ」

と、布子は片付けた。

「そうやっていつも飲んでるのかね」

「大きなお世話よ。悪い？」

と、かみつきそうな顔になる。

「別に。何か気の滅入《めい》るようなことでもあるの？」

「毎日、毎日、滅入りっぱなしよ」

と、言って、布子は笑った。

「大宮司美沙さんの友達なんだろう」

布子が、不意に真顔になった。

「それがどうしたの？」

「彼女のことを聞きたいんだよ」

「直接訊けば？」

「本人じゃ言ってくれないこともある。友人になら話すことでもね」

布子は肩をすくめて、

「友人、ね。ありがたいお話だわ」

と言った。

「あんまり好きじゃないようだね」

「あちらはお姫様、こっちは一介の庶民の娘。――身分の違いよ」

どうやら、大宮司美沙に対して、大分屈折したものがあるようだ。

確かに、見たところも、美沙の美しさとは比較にならない。美沙には、美貌《びぼう》も、金もある。全く、世の中は不公平にできているのだ。

「彼女のことを話してくれないか」

と東風はくり返した。

「美沙？――美人よ。大金持の一人娘で、男にもてる……。何をやっても、様になるの。要するに私とは正反対ね」

「いじけてるね」

と東風は苦笑した。

今の若い連中は何を考えているのか……。

「それにもうすぐ美沙は結婚するし——」

と、布子は言った。

「ほう。結婚するのか」

布子は、突然、ハッと我に返った様子で、

「あんた、一体何のつもりよ!」

立ち上がりながら叫んだ。

東風は面食らっていた。布子は、

「もう何も言わないからね! しゃべらないよ!」

と吐き捨てるように言うと、スナックから飛び出して行ってしまった。

東風は、ちょっとの間、布子の変りように啞然《あぜん》としていた。東風としては、美沙のことを聞き、そこから野田幸子のことも聞きたかったのだ。

しかし、話が美沙の結婚のことになると、布子は急に口をつぐんでしまった。

何かありそうだ、と東風は思った。

「怯《おび》えてるんだ……」

怯え。——確かに、石井布子は、怯えていた。何に怯えていたのか? 誰に?

「お客さん」

スナックのマスターが声をかけた。「今の子の分、払ってくれますかね?」

照夫は、ふと目を開けた。

本能的なものだろうか。かすかな物音にも目を覚ます。ベッドの中では、美沙の裸身が、暖かく息づいている。

ドアが、細く開きつつあった。照夫は、筋肉を緊張させた。

いつ、警察が飛び込んで来るかもしれないという思いは、常に照夫の中にある。しかし、普通と違うのは、並の犯罪者なら、それでノイローゼになるところだろうが、照夫は、むしろ、その緊張を味わい、楽しみながら、生きているというところだった。

ドアの隙間から覗《のぞ》いたのは、しかし、波子の顔だった。

いや、小間使の波子ではなく、共犯者の波子だ。

波子は、照夫の目を捉《とら》えると、そっと肯《うなず》いて、手招きして見せた。照夫も肯き返してやる。

美沙が低く呻《うめ》くような声を上げて、寝返りを打った。波子は、そのままドアをそっと閉じた。

「――おはよう」

美沙は目を開くと、照夫を見て微笑んだ。

「やあ。早いね」

「皮肉？」

「違うよ。昨夜遅かったからさ」

「ぐっすり寝たわ。平気よ」

二人の唇が軽く触れた。

「シャワーを浴びるかい？」

「お先にどうぞ。私、もう少しぐうたらしてるのが好き」

照夫はそっとベッドから出ると、浴室へ行って、シャワーを浴びた。出て来ると、美沙はやっとベッドに起き上がっていた。

「下に行ってコーヒーを飲んでるよ」

「ええ。後から行くわ。先に何か食べてていいわよ」

「そうすぐには食べられないよ」

と笑って、照夫は部屋を出た。

一階の食堂へ入ると、波子が待っていた。

「何かあったのか？」

「台所に来て」

波子は、照夫を促した。台所に、石井布子が立っていた。

「警察が来たのよ」

と布子が言った。

「何の事件で？」

「分らないわ。でも、美沙のことをあれこれ訊いて。それに東京から来たって言ってたわ」

「東京から？」

東京の刑事が、なぜここまで来たのか。照夫にもよく分らない。しかし、自分を追っている刑事だという可能性もないことはない。

「何かしゃべったのか？」

「いいえ、何も！」

布子は強く言い切った。

「それならいい」

照夫は呑気《のんき》に欠伸《あくび》をした。「ここへ訪ねて来そうかい？」

「分らないわ。でも……」

布子は落ち着かなかった。

「行ったほうがいい。美沙が降りて来る」

と、照夫は言った。冷ややかな、追い立てるような口調だった。

「分ったわよ」

布子は、表情をこわばらせて言った。

布子が台所の奥の口から出て行くと、波子が言った。

「あんまりすげなくすると、手をかまれるわよ」

「歯の抜けた犬だ。かまれても痛くも何ともないさ」

照夫は気にもとめていない様子である。

「あなたは不思議ね」

と波子が照夫の肩へ手をかける。

「何が？」

「子供の命を助けるかと思うと、女を冷酷に扱って平然としてる……」

「子供は助けてやっても、つけ上がったりしない」

「命がけだったそうじゃないの」

「いつも命がけだよ、俺は」

照夫はさり気なく言った。「それにな、子供は親が守ってやらなきゃならないんだ。大人には、子供を守る義務があるんだ」

いつになく、むきになりかけて、照夫は、力を抜くようにふっと笑った。

「あなた、親がいないの？」

「俺は試験管ベビーじゃないから親は人並にあるよ。さあ、戻ろう。美沙の奴が怪しむ」

照夫は巧みに逃げた。

「――その刑事が、もしあなたのことを調べに来たんだったら？」

と、波子は訊《き》いた。

「まず違うな」

「どうして？」

「それなら、わざわざ布子に会ったりしやしないさ。俺に会いに来ればいい。顔を見ればモンタージュ写真の男だと分る。何か他の目的があるんだろう」

「なるほどね」

波子は肯いた。「——さあ、何か召し上がりますか？」

「そうするよ」

照夫は台所から食堂へと戻って行った。ちょうど美沙が入って来た。

「あら、台所で何してたの？」

「腹が減ってね。ちょっとつまみ食いさ」

「まあ、健康的でいいわね」

「君のおかげでお腹が空《す》くよ」

美沙は笑いながら、照夫にキスした。

「——食事を終ったら、ちょっと車で買物に行って来るわ。何か、欲しいものがあれば言って」

「一緒に行こうか？」

「いいの。それに、今日はパパがあなたに用があるらしいし」

波子がコーヒーポットを手にして入って来た。

3

美沙は、車をスーパーマーケットの駐車場に入れて停めた。ちょっと遠いが、その辺では一番大きなスーパーマーケットである。

別に美沙が買物に来る必要もないのだが、美沙とて女である。時には、こうして好きな食物を買って歩く楽しみを味わいたくなるのだった。

手押しのショッピングカーに溢《あふ》れんばかりの品物を詰め込むまでに、たっぷり一時間近く、美沙はスーパーの中を歩き回った。

やはり、多少は結婚間近の女性らしく、照夫のために何か料理でもしてやりたいと思うのである。

「さて……。もういいかな」

美沙はレジのほうへと、車を押して行こうとしたが、ふと店の奥の、ハンバーガースタンドが目に入って、向きを変えた。

「チーズバーガーとコーヒー」

と美沙は言った。

毎日毎日、凝った食事では、時にはこんなものが食べたくなる。

美沙は、チーズバーガーにかみついて、思い切り頬ばった。

「――やあ、これはお嬢さん」

男の声に振り返って、美沙は、ちょっと目を見張った。

「お忘れでしょうね」

美沙はコーヒーで口の中のチーズバーガーを流し込んだ。

「いいえ。ちゃんと憶《おぼ》えてますわ。東風《ひがしかぜ》さんでしたね」

「光栄です」

東風《こち》は美沙と並んで立つと、「旨《うま》そうですな。おい、これと同じのをくれ」

「毒入りにしてね」

と美沙が付け加える。「――幸子さんを追いかけていらしたの？」

「業務上の秘密です」

「しつこい方ね。彼女、やっと尾行がなくなったと喜んでたのに」

「刑事の第一条件は粘りです」

「セメダインみたい。シンナーか何かで溶かしてあげましょうか？　ここで何してましたの？」

「前を通りかかったんです。このスタンドが目に入りましてね」

「私を尾行してたんでしょう？」

東風はそれには答えず、

「ご結婚なさるそうで。おめでとうございます」

「お祝いは辞退するわ」

「そう願いたいですね。安月給の身です」

美沙はそれきり黙って、チーズバーガーを食べてしまうと、紙コップのコーヒーを飲み干した。

「じゃ、お先に」

美沙はレジへと車を押して行った。

東風はのんびりと食べていた。あの買物だ。レジでしばらく時間を食う、と読んでいたのだ。

しかし、美沙は、このスーパーでも、よく顔を知られていた。ともかく、名士、大宮司の娘である。

「いらっしゃいませ」

レジの女店員も、顔馴染《なじみ》だった。

「ねえ、急ぐの、帰ってから品物チェックして電話する。いいでしょ?」

「ええ、結構です」

金持の気まぐれには慣れっこである。

美沙は、東風が背を向けてのんびりしているのを見て、素早くスーパーから外へと、ショッピングカーを押して出た。

駐車場の車のそばまで押して行くと、品物を座席へ次々に放り込んだ。そのまま、ショッピングカーは遠くへ押しやって、車に乗り込む。

東風がスーパーから飛び出して来たとき、すでに美沙の車は駐車場から出るところだった。

「畜生！　あの小娘――」

東風は、いまいましげに呟《つぶや》くと、借りて来ていた車へと走った。

別に追いかけなくてはならなかったわけではない。東風の目当ては野田幸子なのだから。――しかし、美沙にしてやられたと思うと、いつになく東風はカッとなった。

車のエンジンをふかすと、一気に飛び出し、美沙の車の後を追った。

「院長」

大町が、廊下を歩いて来て足を止めると、びっくりしたように言った。「おいでしたか」

「たまには病院に来たくなることもあるよ」

大宮司は、声をたてずに笑った。「何か問題は？」

「今のところ何も」

「そうか。——ああ、君に紹介してあったな。娘の婚約者の池上照夫君だ」

「これはどうも。おめでとうございます」

大町は照夫に会釈した。

「大町君は間もなく副院長になる」

と大宮司は言った。「私の右腕だよ」

「せいぜい指一本というところですよ」

と大町は微笑んだ。

「ちょっと来てくれ。——池上君、すまんが、ここで待っていてくれるか」

「はい」

照夫は肯《うなず》いて、廊下の窓から、のんびりと外を眺めた。

大宮司は大町を院長室へ入れると、

「安西の息子が訪ねて来たぞ」

と言った。

「そうですか。納得した様子でしたが……」

「父親が私に会いたがっていた理由を教えてくれと言った」

「どうお答えになったんです？」

「会ったかもしれんが記憶はない、と言っておいた」

「それが賢明ですね。肯定も否定もしない。あっちもそれ以上のことは言えないでしょう」

「油断は禁物だ」

大宮司は席に座ると、言った。「あの息子は何をやっている男なのかな？」

「デザイナーですよ。大して売れてはいないようです」

「調べたのか。手回しがいいな」

「恐れ入ります」

「何のデザインをやってるんだ？」

「商業デザイナーということですが……。ぜいたくは言ってられないでしょう。仕事があれば喜んでやりますよ」

「それなら仕事をやろう」

「安西の息子にですか？」

「できるだけ手間と時間のかかる大仕事だ。うちの関連会社で、適当な仕事を捜して、あてがってやれ」

「そこまでしてやらなくても——」

「そうじゃない」

大宮司は遮った。「父親の死のことを忘れさせるんだ。それには仕事をやらせるのが一番だよ」

「なるほど……」

「もちろん、うちの関連会社だと分らないように用心しろ。本人には、腕が良くて認められたと思わせておくんだ」

「仕事に熱中している内に、父親の死をめぐる、ちょっとした疑惑のことなど忘れてしまう、というわけですか。さすがに院長ですね」

「それは賞《ほ》めたのか？」

大宮司は笑って、「すぐにかかってくれ」

と言った。

「分りました」

大町が出て行こうとする。

「池上君に、入るように言ってくれ」

と大宮司が声をかけた。

何を俺は、むきになっているのか、と東風は思った。

車は、林の間の道を走っている。制限速度を軽く四十キロはオーバーしていた。

これだって、警官としては問題がある。

林の中の道はカーブが多いが、美沙の運転は確かで、一向にスピードが落ちなかった。

もちろん美沙のほうも、東風が追って来ているのは承知の上で車を飛ばしているのだ。

東風は、少し落ち着いて来ると、いささか大人気ない自分に気付かざるを得なかった。

俺は、あの大宮司美沙という娘に、かき回されているのだ。あんな小娘一人に……。

東風も、自分の気持を見きわめるだけの余裕はあった。——自分があの娘にひかれていることは、認めないわけには行かない。

だから、小馬鹿にされると、こうしてむきになってしまうのだ。

馬鹿め！　刑事のくせに、何を考えているんだ！

東風は、少しスピードを落とした。これ以上追っても、何の意味もない。自分が惨めになるような気がした。

美沙は、どうしてあの刑事が追って来るのか、よく分らなかったが、ともかく、この追いかけっこを楽しんでいた。

退屈な毎日である。こんな刺激は、めったにない。

「そうだ——」

と美沙は呟いた。

びっくりさせてやろう。――道は、美沙のほうがよく分っている。大きなカーブを回ると、少し直線の区間が続く。美沙はそこを少し先へ走って、ブレーキを踏んだ。

カーブして来たとたん、目の前に美沙の車がいる。きっとびっくりするだろう。だが、追突されない程度には距離がある。その辺は、美沙も計算していた。

何やってるのかしら。早く来ないかな。

美沙は、ハンドルに手をかけたまま、振り向いていた。

エンジンの唸《うな》りが聞こえる。美沙は、あの取り澄ました刑事が、仰天して目を丸くする顔を想像してニヤリとした。

――東風は、カーブを回りながら、もう引き返そうと、思っていた。

馬鹿げている。全く馬鹿げている。

不意に、砂埃《すなぼこり》が目に入った。カーブを切るハンドルを片手でしっかりと固定したまま、もう一方の手で目を押えた。――畜生！

涙が出て、視界がかすんだ。カーブを曲り終えるのは、カンで分った。ハンドルを戻して、頭を振る。曇った視界に何かが急速に近付いて来た。

車だ。そう考えるより早く、東風の右足はブレーキを一杯に踏んでいた。同時にハンドルを思い切り左へ切った。

一瞬の出来事だった。東風の車が松の中へと突っ込んで行くのを、美沙は信じられない思いで見ていた。

どうして——どうして、もっと早くブレーキを踏まなかったの！

激しい衝突音が、木立ちの奥から響いて来た。

「あなた、電話」

妻に声をかけられ、安西慎一は、我に返った。

「どこから？」

父の葬儀の最中に、ぼんやり考え事をしていた自分に腹を立てながら、慎一は訊《き》いた。

「N事務器ですって」

「N事務器？」

事務器メーカーでは、名の通った会社である。しかし、慎一には心当りがなかった。

「今、取り込んでると言えよ」

「そう言ったんだけど——」

「分った」

慎一は立ち上がった。電話に出ると、事務的な声が、あなたに我が社の製品のデザインをお願いしたい、と伝えて来た。

「僕がですか？　しかし……」

「あなたのデザインを、社長が大変気に入っておられるのです」

「それはどうも……」

「ぜひ、うちの仕事を、と強い希望で。——いかがでしょう?」

「そ、それはもう……」

慎一の声が震えた。

「試験的に二、三のデザインをしていただいて、その後で長期契約を結ばせていただきます」

「分りました」

「契約料はご相談の上。いかがですか。明日、当社へおいで願えませんでしょうか」

「うかがいます」

「それはどうも。社長も喜ばれると思いますよ。では、明日十一時にお待ちしています」

「かしこまりました」

慎一は、夢見心地で、電話を切った。——チャンスがやって来たのだ!

慎一は、しばらくの間、父の葬儀のことも忘れて、その場に突っ立っていた。


「——ご指示の通り手配しました」

大町は院長室へ入って来ると、言った。

「もう電話が行っている頃です」

「ご苦労だった」

大宮司は肯《うなず》いた。「大町君今夜はいいかね?」

「はい」

「十時に来てくれ」

「伺います」

大町は一礼して出て行く。

大宮司は、ソファにかけて、分厚い図面に目を通している照夫へ、

「今の男をどう思う？」

と訊いた。

「大町さんですか？　どう、といっても……」

「印象さ。人間は第一印象だ。私の信念なんだよ」

「あまり医者らしくありませんね」

「その通り。私もそう思う。病院経営は、もちろん名医でなくてもつとまるが、大町には無理だ」

「そうでしょうか」

「あの男は使い走りだよ」

大宮司はそう言って笑った。

「手厳しいですね」

「経営は楽ではない。美沙は、私が遊んで暮していると思っとるようだが、どうして、これで大仕事なのだ」

「分ります」

「病院も企業だ。特にこんな大病院ともなると、表と裏がある。裏ではかなり汚いこともやる。それを引き受けてくれる男が必要なのだ」

「大町さんが……」

「今まではそうだった。しかし、裏の仕事について、あまり知りすぎるのも感心しない。あの男もよくやってはくれたがね」

「しかし、副院長になるんでしょう？」

「予定だ。まだ何が起るか分らんよ」

大宮司は少し間を置いて言った。「今夜、あのクルーザーで沖へ出る。君も来てくれないか」

「もちろんです」

「夜の海か……」

大宮司は独り言のように言った。「秘密の話をするのは、海の上がいい。夜の黒い海はいいもんだ。あらゆるものを飲み込んで、素知らぬ顔をしている。どんな秘密でも、な……」

電話が鳴って、大宮司は手をのばした。

第十章　葬られた愛

1

大宮司は、割れたフロントガラスの間から、慎重に手を入れて、血の流れている男の首筋を探った。

実際には、そんなことをするまでもなかったのだが。

大宮司が林の中から出て来るのを、美沙と池上照夫は、待っていた。美沙が身震いした。

「寒い？」

と照夫が美沙の肩を抱いて訊いた。

美沙は黙って首を振った。目はじっと林の奥に注がれている。東風《こち》刑事の車は、外からはほとんど気付かないほど、林の奥へ突っ込んでいた。

林の中から大宮司が茂みをかき分けながら、出て来た。

「やれやれ、コートが台なしだ」

と大宮司はグチった。「もう死んでる。手の施しようはないな」

「やっぱり……」

美沙は呟《つぶや》いた。

「気にするな。ほとんど即死だ。たとえ救急車をよこしたとしても間に合わなかったさ」

「こんなことになるなんて――」

美沙は首を振って息をついた。「ほんの……遊びのつもりだったのよ」

「君に責任はないよ」

と照夫が言った。

「そうとも、心配いらん。別にお前の車とぶつかったわけでも何でもない。勝手にハンドルを切り損ねて突っ込んだ。それだけだ」

大宮司は照夫へ、「君が美沙の車を運転してくれ」

と言った。

「分りました」

「美沙、お前は私の車に乗れ」

「照夫さんと一緒にいたいわ」

「いいから乗れ。話がある」

大宮司の言い分は、有無を言わせぬものだった。美沙は、助手席に乗った。

大宮司の車が出ると、照夫の車がその後を追って走り出した。

「追いかけっこか」

大宮司が言った。

「ええ」

「それを見た者はいるかな」

「たぶん。スーパーからずっと飛ばして来たんだもの」

「しかし、ここへ入ってからは?」

「それからは全然」

「それなら問題はない。お前がずっと前に家へ帰っていたという証人を五、六人用意する。それで終りだ」

美沙は、チラッと父親のほうを見た。

「——嘘をつくの?」

「本当のことを言えば信じてもらえん。そのときは嘘をつく他はない」

大宮司の言葉は説得力があった。「——その刑事は何をしに来たんだ?」

美沙は、野田幸子の夫が殺された事件で、東風が幸子を疑っていたのだと説明した。

「じゃ、ますますお前とは関係ないじゃないか。——よし、帰ったら警察の知り合いに連絡してみる。東風というのがどの程度の男だったのか、な」

大宮司は低く笑って、「私に任せておけ。大丈夫だ」

と片手で美沙の足を軽く叩《たた》いた。

美沙は、卑怯《ひきょう》だと思いながら、結局は父に頼らざるを得ないだろうと分っていた。

父の大きさの前では、美沙はいたずらっ子に過ぎないのだ……。

「散歩して来るわ、海岸に」

と、亜矢子は言った。「一緒にいかが?」

野田幸子は首を振って、

「残念だけど、俊也が眠っちゃったの」

と階段を上りかけ、「もし起きたら、後で行くわ」

亜矢子は軽く手を振って、別荘を出た。

前に行って、既に馴《な》れた道である。——砂浜には、相変らず人影がなかった。

亜矢子は、何度か深呼吸して、潮風を吸い込んだ。気持いい。

どうしてこんなに心が和んでいるのだろう? 殺人者と同じ家の中にいて、いつ殺されるかもしれないというのに。

しかし、幸子といい、美沙といい、二人して同じ男を愛しているのだ。幸子は、彼が殺人者であることを知っている。

それが女の性《さが》だ、などといえば、安っぽいメロドラマの謳《うた》い文句になってしまうが、実際、女は愛を法律的な正義より優先させてしまうものだ。

幸子にしても、子供を二度までも木村久夫に助けられている。決して彼のことを密告したりはすまい。

亜矢子は、また岩場の所へ行って、腰をおろした。

——ここで木村久夫にキスされたのだった。

思い出すと、一瞬胸苦しくなる。といって、木村久夫を愛しているわけではないのだ。亜矢子は、金田一人を愛している。ただ——違うのだ。

体の中の、どこか別の所で、木村にひかれるものがある。それは否定できなかった。

亜矢子は、ふと人の気配で振り返った。一瞬、木村久夫かと思った。

「——金田さん!」

亜矢子は唖然《あぜん》として、呟くように言った。

「やあ、驚かせて悪かったね」

金田は笑いながら言った。「——いい所だな、この辺は」

「いつ……こっちへ?」

「ついさっき、やっとね。本当は昨夜中に着くはずだったんだが、途中で事故に引っかかってね。手間取っちまったのさ」

「お兄さんも一緒?」

「いや、僕一人で、勝手に来た。きっと怒ってるだろう」

「私のことを心配してくれたの? 嬉《うれ》しいわ」

亜矢子は金田を抱いてキスした。

「——何事もないのかい?」

亜矢子は、ちょっとためらってから、

「ええ、何も」

と言った。

「それならいいんだがね。気にし出すと気になって……。もう東京へ戻っちゃどうだい？」

「ええ。それも考えてるわ」

「君は充分よくやったよ」

亜矢子の胸が痛んだ。金田は自分を信じてくれているのだ。それなのに……。

だが、遅れれば遅れるほど、亜矢子は言いにくくなって行った。今までなぜ黙っていたのかを、どう説明していいか、分らなかったのだ。

「結局、僕の見込み違いかもしれない」

と、金田は言った。「モンタージュ写真も、実物と似ても似つかないかもしれんしね」

そんなことはない。総《すべ》て、金田の考えは適中しているのだ。亜矢子はそう言いたかった。

だが、亜矢子は、ちょっと微笑んだだけだった。

「いつまでいる予定？」

と、金田が訊《き》いた。

「明日は帰るわ。野田幸子さんと一緒に」

「ああ、それがいい。僕はもう少しこの辺を見て回ろうかと思ってる」

亜矢子は、

「金田さん――」

と言いかけて、別荘のほうからやって来る人影に気付いた。

「人が来るわ。別荘のお手伝いさん」

「じゃ、岩の陰に隠れてよう」

金田は、岩を回って、上によじ上った。

波子が、亜矢子を見付けてやって来た。

「こちらでしたか」

「あら、ごめんなさい。捜した？」

「いいえ。お昼の食事を」

「ありがとう。すぐ行くわ」

波子は戻りかけて、

「お嬢様と池上様もお戻りです」

と付け加えた。

亜矢子はギクリとしたが、すぐに池上照夫が木村久夫であることを金田は知らないのだと気付いた。

波子が歩いて行き、姿が見えなくなると、

「もういいわよ」

と亜矢子は言った。「金田さん。――金田さん？」

金田が岩の上から砂地へ飛び降りて来た。

「まあ、若いわね」

と亜矢子は笑った。しかし、金田は真剣な顔で、

「今のは？」

「え？　別荘のお手伝いの子。波子っていうの。本当は……。どうしたの？」

亜矢子は金田の表情に気付いてびっくりした。

「間違いない……。あれは……」

「金田さん！　どうしたのよ？」

「いいか、あの娘は、木村久夫と一緒に姿をくらました、真鍋今日子だ」

今度は亜矢子が愕然《がくぜん》とする番だった。


大沢は、金田に腹を立てていた。

「俺に黙って、勝手に出かけやがって！」

予定が変って、本庁で詰めているから、余計に苛立《いらだ》つのである。

二人で勝手なことをやってりゃいいさ、とふてくされ気味に呟《つぶや》く。

内心では、金田が、亜矢子のことを心配して行ってくれたのが、ありがたかった。ただ、自分が無視されたのが悔しいのである。

「いい加減、電話ぐらいして来い」

と言ったとき、電話が鳴った。絶妙のタイミングだ。

「大沢だ」

「やあ、いたのか」

「予定変更だ。どこにいる？」

「大宮司の別荘の近くだ。いや、今は町へ来ている」

「何かあったのか？」

大沢は金田の声に、何かを聞き取って、緊張した。

「真鍋今日子を見付けた」

「誰だって？——おい、本当か？」

「間違いない。どうやら記憶を失って、大宮司の娘に助けられたらしい。今、その別荘にいるんだよ」

「奇跡だな、正に！」

「だが……どうもおかしい」

「何が？」

「何もかもだ。亜矢子さんも何かを隠してる」

「亜矢子が？」

「そう思えてならないんだ。もう少し見張ってみる。真鍋部長には、それから知らせるよ」

「分った。俺も行こうか？」

「いや、まだいいと思う。そのときは電話するよ」

「抜け駆けはよせよ」

「僕は素人だぜ」

金田は笑って、「またかける」

と電話を切った。

大沢は、血が騒ぐのを感じていた。何かが近付いている。——大詰めだ。終りがやって来つつある、確かな予感を、大沢は捉《とら》えていた。

また電話が鳴った。大沢はすぐに取って、耳を傾けていたが、

「——東風《こち》が死んだ？」

思わず大声で訊き返していた。「どこで？　いつ？」

大沢はもう迷わなかった。電話を叩《たた》きつけるように置くと、一課の部屋から飛び出して行った……。

2

「何かあったの？」

幸子が、美沙へ声をかけた。

「別に、何でもないわ」

と美沙は幸子のほうを見ないで、そのまま階段を上がって行ってしまった。

幸子は、食事をしながら、あまり美沙が黙りこくっているので、心配になったのである。あの様子は、どう見ても、何でもないとは思えない……。

幸子は、亜矢子が俊也と遊んでくれているのを見て、照夫の姿を捜した。——照夫は居間のソファに座って、何か考えこんでいるらしかった。

「——何があったの？」

と声をかけると、

「やあ、君か」

照夫は微笑んだ。「ちょっと事故があってね」

「事故？——美沙さん、人をはねたの？」

「いや、そんなことじゃない。彼女が罪に問われるような、そんな事故じゃないんだ。ただ——良心は別としてね」

「そう……」

幸子は少し安心して、照夫の隣に座った。

「じゃ、行って慰めてあげれば？」

「いや、その必要はない。僕が行っても仕方ないんだよ。彼女自身の問題さ」

照夫は、まるで人生の達観者、といった風に話している。幸子はおかしくなった。

「何を笑ってるんだ？」

「別に……。あなたって不思議な人ね」

「そうかな」

照夫は肩をすくめた。幸子はゆったりとソファにもたれて、

「私、再婚しようかな」

と言った。

「おめでとう、相手は？」

「これから捜すのよ」

「慎重に捜せよ。君はまだ若い」

「あら、心配してくれるの？」

「君のことじゃなくて、子供のことをね。いい両親に恵まれるのが子供には一番なんだ」

照夫の口調は、びっくりするほど、しみじみとした実感に溢《あふ》れていた。が、それも一瞬のことで、

「さて、夜は海へ出ると言ってたな、大宮司さんが」

と立ち上がりながら、伸びをした。

「二人で何か話でも？」

「さあね。まさか心中してくれとは言わないと思うよ」

と言って、照夫は軽くウインクして見せた。

亜矢子は広い別荘の中を駆け回る俊也を追い回して、息を切らしていた。

「もうお姉ちゃんクタクタよ！　こら待て！」

俊也はキャッキャッと笑いながら逃げ回る。

亜矢子は、混乱している自分を、こうして忘れたかったのかもしれない。ついに、木村久夫がここにいることを金田に言わずじまいだった。

それどころか、木村久夫――いや、もう亜矢子の中では、池上照夫と名前を変えていたが――が、帰って来たところを、金田が見ていなかったので、ホッとしてさえいたのである。

もうここを引き上げるときだ、と亜矢子は思った。照夫のことだけではなく、この家、家族――広く言って、そういう階層の人間たちの生活自体の持っている魔力のようなものに犯されているのだ、と亜矢子は思った。

いつの間にか、彼らのように考え、彼らのように反応しかかっている。考えてみれば怖いことだった。

波子。――あれが真鍋今日子だとは。

しかし、この事実は何を意味しているのだろう？　今日子は、自分を騙《だま》した男へ復讐《ふくしゅう》するために、わざと近付いたのか？

いや、そうではなさそうである。今日子が意識不明で海岸へ打ち上げられたのは、事実に違いない。そして記憶を失っていたことも。そしてそこへ、照夫が、木村久夫がやって来た。――恐ろしい偶然である。

運命のいたずらとでも言おうか。

波子は果して、今日子に戻っているのだろうか？　照夫の顔を見て、総《すべ》てを思い出したのに、知らないふりをしているだけなのか。それとも、何も知らずに、ただ波子として、働いているだけなのだろうか？

それにしても、亜矢子には照夫の神経が分らない。かつて殺そうとした相手と出会っても、逃げ出すでもなく、平然として一緒の家に寝起きしているのである。

これが普通の人間なら、いつ殺されるかと気が気ではあるまいに。

「——まあ、ごめんなさい」

と、幸子が小走りにやって来る。「すっかりお願いしちゃって」

「いいえ、こっちも運動不足の解消になるわ」

と、亜矢子は笑った。「——幸子さん」

「何？」

「私……悪いけど、もう帰ろうかと思って」

「まあ、どうして？」

幸子は俊也を抱き上げて、「どうせ私も明日には帰るのよ。一緒に行きましょうよ」

「でも……すっかり長居してしまって」

「そんなことといいのよ。ね、たった一晩じゃない。明日は私もお昼頃には出るつもりよ。いいでしょ？　ねえ俊也」

俊也のほうは、すっかり亜矢子になついている。亜矢子は仕方なく微笑んで、

「いいわ。じゃ、明日……」

亜矢子は、自分の部屋へと足を運んだ。

結局幸子に押し切られてしまったのは、今日帰りたいと本気で思っていなかったせいだろうか？——亜矢子は不安だった。

ほとんど、怯《おび》えていると言っても良かった。何かが起りそうだ。その予感に怯えていた。だから、逃げ出したかったのだ……。

なぜかひどく疲れて、亜矢子は自室に入るとベッドに身を逃げ出して、目を閉じた。

奇妙に快いけだるさ。快感か不快感か、判然としない、粘っこくまとわりつくようなだるさが、体を支配していた。

亜矢子はいつしか眠りに落ちていた……。

「——何の用？　忙しいのよ」

石井布子《きぬこ》は、むくれっつらで刑事をにらんだ。「沼田君のことなら、もう何度もしゃべったでしょ」

「それで来てもらったわけじゃないよ」

と、刑事は苦笑した。

布子はどう考えても「忙しい」とは見えなかったからだ。

「昼間、スナックで飲んでたね」

「悪い？　二十歳は過ぎてるわよ」

「そのときに東京から来た刑事と話をしたかね？」

「刑事？」

布子はちょっとポカンとして、「ああ、憶《おぼ》えてるわ」

「何を話したんだい？」

「さあね。——沼田君のこと、それから……忘れちゃった」

「大宮司さんの娘さんのことは？」

布子はちょっと天井をにらんで、

「警察って汚いのね。ペンキ塗り直したら？——ええ、何かちょっと訊《き》いてたわね。でも私も酔ってたし、忘れちゃった。あの刑事さんに訊けばいいじゃない」

「あの人は亡くなった」

布子は、ちょっとの間、その言葉を理解しようと努力していた。

「死んだの？」

「車の事故でね。林の中を走っていて、カーブでハンドルを切り損ねたらしい」

「へえ」

「ただ、どうしてそんな所を走っていたのか、分らないんだ。しかも、かなりスピードを出していたらしい。——どうかな、何か言っていなかった？」

「何も。ほんの少ししか話さなかったし。気の毒だったわね」

「そうか。——いや、君に訊けば何か分るかと思ってね。わざわざ来てもらって悪かったね」

「いいえ、どういたしまして。酔いがさめたわ、おかげさまで」

布子は警察署を出ようとして、凄《すご》い勢いで飛び込んで来た男と、危うくぶつかりそうになった。

「気を付けてよ！」

と布子が言ったのも耳に入らない様子で、男は中へ入って行く。「何よ、失礼ね！」

ベーと舌を出し、外へ出ようとして、布子は足を止めた。

「警視庁捜査一課の大沢だ」

という言葉が耳に入ったのだ。警視庁？　また東京の刑事が来たのか。それに捜査一課といえば、殺人事件を扱うところだ。それぐらいは布子も知っていた。

「——本当にお気の毒でした」

あの、事故死したという刑事のことでやって来たらしい。布子は表に出ると、立ち止って考え込んだ。

あの刑事は殺されたのかもしれない。——そうだ！　布子が照夫たちに、刑事が来ていることを教えてやったのではないか。

そのすぐ後に刑事が死んだ。事故なんて！　そんなはずはない。殺されたのだ。照夫が殺したのだ。

布子は恐ろしくなった。警官殺し。布子も共犯ということになるだろうか？　もし共犯だと同罪か……。

「冗談じゃないわよ！」

と、布子は呟《つぶや》いた。一生を冷たい監獄で送る気はなかった。

といって、どうすればいいか。——今の刑事に、照夫のことも、総てぶちまけようか。しかし、もし照夫が逃げのびたら？　ああいう悪党は、そういうツキに恵まれているものだ。そうなったら、密告した布子を殺しに来るかもしれない。

監獄もいやだが、死ぬのもいやだ。

「そうだ」

と呟いて、布子は、近くの赤電話へと走った。

その布子を横目に見て、警察署へ入って行ったのは、金田だった。

「失礼。——ちょっと責任者の方にお話があって——」

と、近くにいた警官へ声をかけると、

「金田！」

という、聞き慣れた声に遮られた。

「大沢！——何をしてるんだ？」

「今やって来たところさ」

「ずいぶん早いな！」

と、金田は目を丸くした。

「東風が死んだんだ。お前の電話のすぐ後に知らせが入った」

金田は、

「話してくれ」

と言った。

「ともかく奥へ。――お前の話も聞きたい」

大沢が促す。

大沢から東風の死の状態を聞いて、金田は、

「すると殺人の可能性はないんだな」

と言った。

「全くないわけじゃないが、今のところはゼロに近い。ただ、その前に、何やら他の車と追っかけっこをしてたという証言もあるが、子供の話で、どこまで信用できるか分らんな」

金田は考え込んだ。大沢が、さめた茶を飲んで、

「真鍋今日子は生きてたんだな？　なぜ会いに行かない」

「記憶を失ってるんじゃね。――それに、彼女は今、波子と名乗ってあの別荘にいる。そこにもし木村がいるとしたら……」

「いれば亜矢子が知らせて来る」

金田はじっと大沢を見て、

「どうも、必ずしもそうとは思えないんだよ、僕には」

と言った。

3

「ずいぶん迷ったんです、私」

と、石井布子は、目を伏せ、ハンカチを両手でクシャクシャにしながら言った。「でも……やっぱり、黙って見ていられなくて。美沙は友人だし……。しゃべれば殺すって脅されてたけど……美沙を死なせたくないし……」

布子は、大宮司があまり黙っているので、顔を上げた。大宮司は、応接間の、特注のソファに巨体を埋《うず》めて、じっと目を閉じていた。

「あの――おじさん」

大宮司は目を開けて、

「眠っているわけではないよ」

と言った。「よく教えてくれた」

布子はホッと息をついた。

「美沙に直接電話しても……何か可哀そうだし、信じてくれないかもしれないでしょ。でも、おじさんにならーー」

「君の考えには間違いはないよ」

大宮司は肯《うなず》いた。「すると、警視庁の刑事が来ているというんだね」

「そうです。きっとあの男を捕まえに来たんだと思います」

「彼は沼田君を殺した。そして娘と結婚し、私と娘を殺して財産を手に入れようとしている……。ふむ大した奴だ」

大宮司は少しも動じる様子がない。布子は感心してしまった。

「あの波子って女もグルなんですよ」

大宮司は大きく息をつくと、

「君は口が固いかね？」

と訊いた。布子はちょっと面食らった。

「ええ。まあ……そのつもりです」

「美沙は私の娘だ」

大宮司は言った。「いささか父親には似とらんが、私の娘には違いない。だから私には何よりも大事だ。私は娘の幸福をまず第一に考える。法律や道徳などはどうでも構わん。違うかね」

「その通りだと思います」

「私がこの件に関してどういう処置を取るか、それについては、君には何も口を出さないでほしい。私に任せてもらいたいのだ。つまり、君はここでしゃべった一切のことを、もう忘れてもらいたい。この部屋を出たら、すぐにね」

大宮司の話し方は穏やかだが、圧倒するものがあった。布子はコックリと肯いた。

「お約束します」

「良かった！　君は実にいい子だな」

大宮司は微笑んだ。「礼のつもりといっては何だが――君、世界一周旅行に出たくないかね！」

「そ、それは……」

布子は目を丸くした。

「よくある、十日とか十五日のケチなツアーではない。半年ぐらいかけて、のんびりとアメリカ、ヨーロッパを回って来たらどうかな。むろん、手配は総《すべ》て私のほうでやらせてもらうし、君には一円だって使わせないよ」

布子はゴクンと唾《つば》を飲み込んだ。

「も、もちろん……」

「いいね？――ただし条件が一つだけある」

「何でしょう？」

「今夜、出発してもらいたい」

と、大宮司は言った。

布子は、啞然《あぜん》として大宮司を見つめていたが、やがて気が付いた。これは口止め料なのだ。要するに、ほとぼりのさめるまでここから姿を消していてほしい、ということなのだ。

「――分りました」

「いいのかね」

「どうせうちにいても面白くないし」

「結構だ。では帰って仕度をしなさい。家の方に話して、私へ電話をしろと言いたまえ。直接話せば信用してくれるだろう」

「両親なら大丈夫です。私のことなんて、大して気にもしてません」

「今、六時半だね。——八時に車が迎えに行く。そこから成田《なりた》のホテルへ行って、明日の便で発《た》ってくれ。ちゃんと車を運転して行く男に話しておくから、全部言う通りにしていればいい」

「はい」

「ホテルには本名で泊らないように。頼んだよ」

石井布子は、すっかり落ち着いて、微笑みすら浮かべて出て行った。

大宮司は書斎へ入ると、何本か電話をかけた。その一本の相手は、大宮司が金銭的なバックになっている国会議員だった。


「大町です」

クルーザーの中へ、大町は声をかけた。

クルーザーが、波にゆっくりと上下している。中には明りが見えた。

「院長。——大町ですが」

「やあ、どうも」

中から顔を出したのは、池上照夫だった。

「ああ、あなたでしたか」

大町は言った。「院長は？」

「先に行っていてくれと言われたんです。もうみえるでしょう。――どうぞ」

大町は、船に乗り込んだ。本当は船というやつが大嫌いなのである。大町は常に確かなものによりかかっていなくては気の済まない男だった。自動車や列車はいいが、船、飛行機は苦手だった。

しかし、人の手前、そうも言えない。この院長のクルーザーにしたところで、招かれれば喜んでやって来るが、内心はうんざりしているのだ。しかし、副院長の椅子が待っていると思えば、多少の気分の悪さは我慢する他あるまい。

「――式はいつ頃です？」

と、大町は照夫に訊《き》いた。

「まだ分りません。できるだけ早くとは思っているんですがね」

「しかし、幸運ですな」

「そうですか」

「だって、大宮司さんのお嬢さんを射止めるとは、そう誰にもできることじゃありませんよ」

「僕はただ彼女に惚《ほ》れただけです。金持というのも退屈なもんでしょう」

男である。

「経営のご経験は？」

「とんでもない」

と照夫は笑った。「およそ勤めというものを知らない男なんです。教えていただかないとね」

大町は笑いながら、この男には用心しなくては、と思っていた。どこか、危険を感じさせる男である。

将来は、院長の椅子を争うことになるかもしれないな、と考えていた。

外に足音がした。

「やあ、諸君、待たせたね」

大宮司が、いかにも船に相応《ふさわ》しい、白のジャケット姿で現れた。「ちょっと用で手間取った。――照夫君、出してくれないか」

「はい」

器用な照夫は、クルーザーの扱いを簡単に憶《おぼ》えてしまっていた。もっとも、何もない海へ出るのだ、動かせさえすればいいわけである。

「真直ぐ沖へやってくれ」

と大宮司は言った。「できるだけ遠くへな」

クルーザーの灯が、暗い海の奥へと、小さくなって行った。

「十時半ね。――もう眠くなって来ちゃった」

幸子が欠伸《あくび》をした。亜矢子は笑って、

「健康的でいいじゃない？」

「本当に、俊也のペースに合わせてるとこうなるの。——まあ、幼稚園にでも入ると朝早くなるしね、少し早寝早起きの習慣でもつけますか。じゃ、おやすみなさい」

「おやすみなさい」

亜矢子は軽く手を振った。

一人で居間に座っていると、時折、ふっと背筋が寒くなることがある。池上照夫が、すぐ後ろに立っていて、手を首にかけているような、そんな気持になることがあるのだ。

しかし、照夫はさっき出かけて行った。船で沖へ出るのだという。何の話があるのだろうか？

大宮司は、何やら美沙としばらく話し込んでいて、船に乗りに出て行った。その後、少しして美沙も車でどこかへ出かけてしまった。

こういう世界の人間は、時間の観念も、大分私たちとは違うらしい、と亜矢子は思った。朝起きて働き、夜は安らぐという生活など、彼らには全く無縁なのだ。

こっちも休もうか、と亜矢子は思った。しかし、やはりここでの生活が、遅く起きて、遅く眠るというパターンなので、亜矢子もついそれに慣れているらしい。少しも眠くならないのだ。

夕方、少し眠ってしまったせいもあるかもしれないが。——けれども、少し眠って、大分気持が軽くなっていた。

「失礼します」

と波子が――真鍋今日子が入って来た。

「何か飲物でもお持ちしましょうか」

「そうね……」

前ならば気軽にあれこれ頼めたのに、彼女が真鍋今日子だと知ってからは、何か言いにくくなってしまった。しかし、急に態度を変えるのもどんなものか。

「じゃ、コーヒーをいただくわ」

「かしこまりました」

と退《さ》がって行く。

亜矢子は、ベランダへ出るガラス戸のカーテンを開け、じっと外の闇を見ていた。これから、一体何が起るのか？

亜矢子がここにとどまっているのは、いくらか、いや――かなり強い好奇心の故だった。殺人者。その婚約者。かつて殺されかけた女。そして、殺人者の正体を知っている女……。これに大宮司という怪物が加われば、舞台は完全である。

このドラマがどんな大団円を迎えるか、亜矢子は知りたかった。目の前で、確かめたかったのだ。

その誘惑は強烈で、亜矢子を捉《とら》えて離さなかった。そこに危険があることは、その誘惑を強めこそすれ、打ち消しはしなかったのである。

ぼんやりと表を眺めていると、ガチャリ、と音がして、波子が、コーヒーの盆をテーブルに置いていた。

「ありがとう今日子さん」

何気なく言ってしまって、亜矢子は息をつめた。

波子がサッと顔を上げ、亜矢子を鋭い目で見据えた。

「真鍋……今日子さんでしょう」

言ってしまったのだから、仕方ない。相手はしばらく答えなかったが、やがて、肩をすくめて、

「そうです」

と、軽く肯《うなず》いて見せた。

「もう良かろう」

と大宮司が言った。「照夫君、エンジンを停めてくれ。――さあ、甲板に出よう」

エンジンの音が止まると、後は、低い波の囁《ささや》きしか聞こえない。甲板に出ると、三人は思い思いに伸びをして、深呼吸した。

「いいな、この静けさは」

と大宮司が言った。「どうだ？」

「はあ。心が洗われるようです」

大町は、手すりにつかまりながら言った。めまいがして落ちそうな不安に、いつも捉えられるのだった。

「君は泳げるのか？」

と、大宮司は訊いた。

「多少は」

「ここから陸まで？」

と、大宮司は、遥《はる》かかなたの、小さな灯を指して言った。

「とんでもない！」

大町は笑って、「ほとんど泳げないと言っていいくらいです。百メートルがやっとかな」

「そうか。——照夫君は、海はどうだ？」

「僕は好きになれません。人間のいる場所が好きなんです」

「正直だな」

大宮司はキャビンへ降りて行くと、すぐに戻って来た。ライフルを手にしている。

「院長！　こんな所で狩猟ですか？」

大町が目を丸くした。

「人間狩りだ」

大宮司はボルトを動かした。金属音が、静かな海に広がって消えた。

「殺人犯、池上照夫君なら、立派な獲物だよ」

銃口が照夫に向いた。大町は目を丸くした。

「殺人犯？」

「女を一人、男を一人、少なくとも殺している。いや、沼田君を入れれば男二人か。目下、指名手配中だ」

「この男が？――しかし、それをご存じで――」

「だからここへ来たのだ。娘が殺人犯と婚約していたとあっては、私の顔がつぶれる。ここで静かに死んでもらう」

照夫は、手すりに腰をかけて、微笑んだ。

「あなたのような大物が、直接手を下すんですか」

「自分で死んでくれるなら、ありがたいが」

「残念ながら、自殺する気はありません」

「そうか。――では、お別れを言うよ」

「お世話になりました」

と、照夫は言った。

大宮司が、ライフルの銃床でいきなり大町の腹を打った。大町は体を折りながら、よろけると、暗い海へ落ちて行った。水音がして、しばらく、波が騒いだ。

そして、再び静けさが戻って来た。

「娘に君のことを話した」

いるのだ」

と、大宮司は言った。「君を殺すか、大町を殺すか。——娘は君を取った。まだ君を愛して

照夫は黙っていた。大宮司は夜空へ向けて、一発、発射した。

「あの弾丸がどこへ落ちるか、私には分らん。君と娘がどうなるか。それも分らん。しかし、娘のために、君を助けてやる」

「どうしろというんです?」

「外国へ行け。娘はもうさっき出かけた。警察が迫っている。君は明日、成田で娘と落ち合え。君のパスポート、航空券、総《すべ》て揃えて待っている。外国へ飛んだら、当分は戻って来ないことだ。金は外国の銀行を通じて送ってやる」

大宮司は、照夫をじっと見つめて、言った。

「娘を幸福にしてやるように努力することだな。娘が飽きたら、君には充分な金を払って、別れてもらう。だが、君がもし……娘を手にかけるようなことがあれば、私は全財産をなげうっても君を連れ戻し、八つ裂きにしてやる」

「あなたならやるでしょう」

と、照夫は肯いた。

「話は分ったな? よし、戻ろう」

大宮司は海面へ目をやって、「大町は気の毒に。足を滑らせて、水死だ」

と言った。

「さあ、エンジンをかけてくれ」

「野田幸子さんが、あの人を迎えに出て、車からあの人が降りるのを、私、二階から見ていたんです。その瞬間に何もかも思い出しました」

波子——いや、真鍋今日子は、ゆったりとソファに座っている。その姿が、いかにもよく似合っていた。

「でも、知らないふりをすることに決めました。記憶を失った女で押し通そう、と……」

「なぜ警察へ——」

「警察が彼を捕まえても、何の復讐《ふくしゅう》にもなりません。彼が私を騙《だま》したように、私が彼を騙してやらなくては」

「でも危険だわ」

「私は一度死んだんです。ですから、構わないんです、どうなろうと。命を賭《か》けて、彼を犯罪に誘い込み、地獄へ落としてやる。それが私の望みです」

亜矢子は身震いした。

「私も一緒に地獄へ落ちる覚悟ですわ。沼田という美沙さんの友人を殺すのを、手伝ったんですもの」

「今日子さん……」

「それぐらいのことをしなければ、彼は私を信じません。彼よりもっと悪党にならなければね」

「そんなことをして、せっかく助かった命なのに！　ご両親だって――」

「やめて！」

今日子は激しく遮った。「それならあなたはどうなの？　警察の手先のくせに、ちゃんと分ってるのよ。そのくせ、彼のことを知らせないのはなぜ？」

「それは――」

「あなたも彼に抱かれてみたいんでしょう？」

「違うわ」

「それじゃなぜ？」

亜矢子は答えられなかった。今日子は立ち上がった。

「ともかく、私の復讐はまだ終ってないのよ。あなたに邪魔はさせない」

亜矢子はギクリとした。今日子がゆっくりと近付いて来る。その目には殺意があった。

「やめて……やめて！」

亜矢子は後ずさった。

「そこまでだ」

ドアのほうから声がした。今日子がハッと振り向いた。大沢と金田が入って来た。

「別荘へ戻ったら、すぐ仕度をして発《た》て」

と大宮司が言った。

「そうしましょう」

「君が素直に受けると思わなかったよ」

「美沙に興味があります。あなたには殺されたくないが、美沙に殺されるなら、納得できます」

「君は変り者だな」

大宮司は笑った。

クルーザーは、もう陸地へ近付いていた。

突然、船体のわきで声がした。照夫は驚いてエンジンを停止させ、暗い海を覗《のぞ》き込んだ。水面から声がした。

「照夫さん！」

「私よ！」

「幸子さんか！　どうしたんだ！」

甲板へ引き上げると、野田幸子はずぶ濡《ぬ》れのネグリジェ姿のまま、息を弾ませて、

「警察が待ってるわ。逃げて」

と言った。

「君は知ってたのか」

幸子は照夫が渡したタオルを肩にかけながら、

「ええ。でも、あなたは俊也を二度も助けてくれた。──警察の人が別荘へ来て、話しているのを立ち聞きしたので、窓から抜け出したの。海岸からこの船の灯が見えたから、泳いで来たのよ」

大宮司が、首を振った。

「恩返しとは古風だな。──ともかくここで逃げても始まらん。大丈夫だ」

「でも、大勢警官が──」

「いいんだ」

と、照夫は言った。「感謝するよ。泳いで戻れるか？　君を共犯にしたくない」

「ええ、大丈夫」

「よし。じゃあ、早く戻るんだ」

幸子は少しためらっていたが、やがて肯《うなず》くと、再び暗い海へと身を躍らせ、岸へ向かって泳いで行った。

大宮司が笑いながら、言った。

「君は女を魔法にでもかけるのか？」

クルーザーが接岸し、二人が陸へ上がる。待ち受けていたように、一斉にライトが照らし出した。

「木村久夫！　逮捕する！　おとなしく──」

大沢の拡声器の言葉が途切れた。――ライトに、大宮司の首筋へライフルの銃口を押し当てた照夫の姿が浮び上がったからだ。

「歓迎してくれてありがとう」

と照夫は言った。「車を一台、キーを残したままにしておいてもらおうか。みんな退《さ》がって。――大宮司さんを死なせたくなければね」

大沢は歯ぎしりした。しかし、地元の警官たちは一も二もなく、照夫の言う通りにした。大宮司が人質であることの効果は絶大だった。

照夫は大宮司と共に、車のほうへと足を進めた。――突然、

「やめて！」

という叫びに続いて銃声が響いた。

「今日子さん！」

亜矢子が叫んだ。

飛び出した今日子が脇腹から血を流しながら倒れた。

一台の車の陰にいた警官が、照夫を狙って発砲したのだ。その前へ、気付いた今日子が飛び出したのだった。

「馬鹿！　銃を捨てろ！」

大沢が警官へ怒鳴った。亜矢子が今日子へ駆け寄る。

照夫は足を止めて、それを見ていたが、

「今日子……」

と呟《つぶや》くように言った。「大宮司さん、診てやって下さい」

「うむ」

照夫は一人で車に乗り込むと、エンジンをかけた。銃を窓から投げ捨てると同時に、車は猛然とスタートして、夜の闇へと消えて行った。

「逃げ切れるもんか！」

大沢がパトカーの無線に飛びついた。

大宮司は、今日子の上にかがみ込んで傷をみていた。

「どうですか」

亜矢子が訊《き》いた。

「急所は外れている。すぐに運んで輸血すれば助かるだろう」

と大宮司は言った。それから、ふと気付いたように、

「この娘は、今日子というのかね？」

空が白くなり始めた。

亜矢子は、警察署を出て、人通りのない道に立っていた。大沢が中で怒鳴り続ける声が聞こえている。まだ照夫が見付からないのだ。

足音に振り向くと、金田が立っていた。

「いいの、中のほうは？」

「君の兄さんの領分だ」

亜矢子は、少しためらってから、言った。

「私たち、終りね」

「どうして？」

「だって……私、あなたを裏切ったわ」

「僕が残念だと思うのは、木村久夫とゆっくり話ができなかったことだけさ。君を愛していることに変りはない」

亜矢子は金田に抱きついた。金田の腕が優しく亜矢子に巻きつく。

「——女って、哀しいわね。今日子さんも、結局は木村久夫が殺されるのを見ていられなかった……」

金田が何か言おうとしたとき、大沢が出て来た。渋い顔だ。

「どうした？　見付かったのか」

「車だけな。崖《がけ》から海へダイビングしたらしい」

金田と亜矢子は顔を見合わせた。

「自殺か？」

「いや。——何だか、道のわきに停めてあったドライブ中の車から、子供が道へフラフラ出てきたんだとさ。それをよけて、そのまま海へ飛び込んだそうだ」

「子供が……」

亜矢子は、そっと呟いた。

エピローグ

「こんなことになって申し訳ありません」

病院の廊下で、金田は真鍋に頭を下げた。

「私の手の打ち方がまずかったのです」

「いや、君はよくやってくれた。娘は命を取り止めたし、元気になればもとの今日子になるよ」

夜を徹してやって来た、真鍋の顔には、疲労の色はなかった。「君のおかげだ。ありがとう」

「とんでもありません。——お嬢さんは、沼田という男を、木村と共謀して殺したと言われました。その件では、起訴はまぬがれないかもしれません」

「分っている」

真鍋は病室のドアをじっと見ながら、言った。「もう手は打ったよ。あらゆる手段を使って、無罪にしてやる。あれは私の娘だ」

真鍋の態度には、「強い者」の自信が溢《あふ》れていた。

金田はゆっくりと頭を下げ、病院の出口に向かって歩き出した。

美沙は、成田空港の出発ロビーを見回した。――照夫は来るだろうか？

父が、総《すべ》て伝えてくれている。彼のことだ。逃げのびて、ここへやって来るに違いない。

美沙は、父の話を聞いて、動揺しなかったわけではない。

しかし、照夫がたとえ自分を殺そうとも、彼から離れることはできなかった。

もう選んでしまったのだ。後戻りはできない。

搭乗は間近だった。美沙は必死に、人の波の中に、照夫の姿を捜した。

早く早く。もう時間がない。美沙の手の中で、パスポートと航空券が、汗にじっとりと湿っていた。

照夫さん。――お願い！　ここへ来て！

美沙の視線が止った。――一人の男の後ろ姿が、美沙の目を捉《とら》えた。

あれは……照夫さんだろうか？　良く似ている。

黒い上衣《うわぎ》に、小さいボストンバッグを一つさげたその男は、誰かを捜している様子だった。

「照夫さん……」

美沙は人をかき分けて、その男のほうへ近づいて行った。男は、相変らず振り向かない。

男の後ろに立って、美沙は唇をかみしめた。

バッグを持った左手に、パスポートと航空券を抱き抱えるようにして、美沙は空いた右手を、男の肩へそっとのばした。

解説

谷口俊彦

一般的にいって、推理小説においては、魅力ある探偵役が登場することは重要な意味をもっている。シャーロック・ホームズやピーター・ウィムジイ卿《きょう》、エルキュール・ポアロ、あるいはエラリー・クイーンといった名探偵たちが活躍した古典的推理小説の時代でももちろんそうであったし、警察小説やスパイ小説でも同様である。最近とくに人気を高めつつあるハードボイルド風の推理小説にあっては、主人公の私立探偵の人間的魅力が、作品の出来映えを直接的に左右するといっても過言ではない。

一方、そうした探偵に相対する存在として、犯人の魅力はどんなものであろうか。多くの容疑者の中から誰が真犯人かを探すタイプの、いわゆる本格謎解き推理小説では、犯人像を細かに描き出すのは至難のわざであるが、たとえば犯人が複雑なトリックを弄《ろう》したり、鉄壁のアリバイを用意すれば、それが名探偵の知力への挑戦という形をとって、正体は明かされないままに、ひとつのイメージを呈示することができる。それをさらに推し進めて、犯人像をクローズアップして、犯人が主人公として探偵と対決する形式の推理小説も古くから書かれている。推理小説を、かりに探偵と犯人との闘争の場と捉えてみるならば、犯人像がどれほど描き込まれているかという点にも、読者の関心が寄せられるのは、きわめて自然なことであろう。

本書『自殺行き往復切符』は、十九歳の女子大生今日子が駆落ちするシーンから始まる。恋人の木村との結婚を親が許してくれない。かくなる上は、心中したように見せかけて、二人でどこかで暮らそうという恋人の甘い言葉にのせられて、彼女は家にあった現金とキャッシュカードを持って、ひそかに家を出る。ところが恋人というのは、女性をだまして金品をまきあげ、場合によっては殺人も辞さないという常習者で、今日子が待ち出したキャッシュカードで大金を引き出すと、早速心中の名所といわれる断崖《だんがい》から彼女をつき落し姿を消す。その現場および二人が泊ったホテルに残った痕跡《こんせき》から心中と見た警察が、今日子の両親のもとへ急報する。両親はあわてふためくが、よく考えてみると相手の男について全くといっていいほど何も知らないのであった。それに、大金を引き出しておきながら、それを使って遊びまわるいとまもなく、即座に心中するというのもおかしな話である。そこで父親は、自分の秘書に調査を依頼する。

　この秘書の金田というのがなかなかどうしてただ者ではない。列車の指定席など、とても取れそうにないときでも、不思議と首尾よく手に入れてくるし、満席の列車内でもいつの間にか好きな場所に座席を確保してしまうという、その敏腕ぶりの一端が文中にも出てくるが、とにかく目から鼻に抜けるというか、非常に頼もしい存在なのである。その彼が、上司の厳命を受けて、今日子の駆落ちの相手木村を探し始めるが、如何《いかん》せん手掛りが乏しくて埒《らち》があかぬまま徒《いたず》らに時が過ぎる。ついに金田は警察に出かける。実は彼は前歴が捜査一課の刑事であって、かつての同僚が力を貸してくれると考えたのである。

　おりしも木村は次の事件を起していた。金持ちの女性を殺害して宝石類を奪って逃走したのだ。当然別の名を使っていたが、現場に残った指紋から前の事件との関連が明確になる。しかし、逮捕されたことがないため、指紋からは身元がつきとめられない。盗品故買屋の線から光明が見えたものの、僅《わず》かの差で木村が先手を打って情報源の口を封じてしまう。だがそのきわどいタイミングに現場へ駆けつけた金田が、犯人とおぼしき人物を目撃し、それをもとにモンタージュ写真がつくられる。

木村は、故買屋の寝返りで、危うく逮捕は免れたものの、あてにしていた宝石の代金が手に入らず、名前を池上と変えて、次の犠牲者を物色するうちに、バスに轢《ひ》かれそうになった子供を助けたのが縁で、ある人妻にとり入ることに成功する。その人妻の誘いで、知人の別荘へ出かけることになる。その別荘は、病院の経営者の道楽娘が、取り巻きの若者を集めて馬鹿騒ぎを繰り返す舞台であった。

一方、断崖からつき落された今日子は、奇跡的に生命をとりとめ、砂浜に打ち上げられていた。発見したのは、くだんの道楽娘で、ショックで記憶を失っていた今日子を、別荘の女中代りに住み込ませていた。かくして、乱痴気パーティーの真只中《ただなか》、記憶をなくした今日子と木村改め池上が、顔と顔をつき合せることになる――。

混み入った物語が、次から次へと目まぐるしく展開するのであるが、細かく場面を切りとって、多視点から叙述しているので、筋をつかむのに困難は感じられない。金田や警察といった追う者の動きと、追われる側の犯人の動き、そしてそれに付随する周辺の人たちの動きが並行して書き進められ、登場人物たちは相互の動きを知らずにいるが、読者にはそれぞれが恰《あたか》も鳥《ちょう》瞰図《かんず》でも眺める如く、手にとるようにわかるのである。名場面の切り方にも、ひとつひとつに局面の変化と山場を設けるよう工夫のあとが窺《うかが》われ、それがストーリイにメリハリをきかせている。

これは、ひとつには、この作品が当初雑誌に連載されたものだからということもある。本書は初め『小説ＣＬＵＢ』昭和五十六年十一月から翌五十七年八月まで連載された後、同じ五十七年の十月に主婦と生活社から刊行されたものである。長篇推理小説が月刊雑誌に連載される場合、あまり複雑な構成をとったり叙述が平板であったりすると、ひと月ほど間を置いて続きを読む読者は、前回分の印象が薄くなっているために、先を読み続ける気力を失ってしまうこともあろう。

本来、長篇推理小説は、雑誌連載に向かないとの議論もあるが、現実問題として連載長篇は、あいかわらず小説雑誌にとっては大きな柱のひとつである。そこで作家は、読者をあきさせないよう、いろいろと知恵を絞るのであるが、さすがに赤川次郎氏は当代一の人気推理作家といわれるだけあって、場面をつないでゆくうまさには感心させられてしまう。

昨年『ＥＱ』誌に連載されたキーティング他篇の「代表作採点簿」でも、四つの評価基準のひとつに「読みやすさ」という項目があった。キーティングらのこの作業の原型となったとおぼしいマーティン・シーモア＝スミス編の〝Novels and Novelists〟では、純文学から大衆文学まで、古今東西の名作小説を対象に四項目で採点しているが、そこでもやはり「読みやすさ」が一角を占めている。

読みやすいことが、面白い小説のひとつの条件であるとするならば、歯切れのよいテンポで次の頁から頁へと読者を誘いこむ本書『自殺行き往復切符』などは、やはりすぐれた娯楽小説のひとつといってもさしつかえあるまい。読みやすく軽快な分だけ、登場人物の人間的存在感がやや稀薄《きはく》で、たとえば富豪の病院経営者の人間像や、その娘をとり巻く人間関係が多分に紋切り型というううらみがないでもないが、一方そのような図式的な設定の中に一種の社会悪の問題を象徴している点もまた見逃せない。

赤川次郎氏は執筆量が多いことでも知られる。本書の初版が刊行された昭和五十七年には、文庫化などの再刊物をも含めて、赤川氏の著書は二十三冊出版されている（『出版年鑑』一九八三年版による）。こと小説にかぎっていえば、この二十三冊という数字は、時代小説や再刊文庫化の多い笹沢佐保《ささざわさほ》の四十冊、島田一男《しまだかずお》の三十八冊には及ばないものの、斎藤栄《さいとうさかえ》の二十七冊に次ぐもので、西村京太郎《にしむらきょうたろう》、夏樹静子《なつきしずこ》、黒岩重吾《くろいわじゅうご》、佐野洋《さのよう》といった人気作家の出版点数をしのいでいる。たくさん書きさえすればいいというものでないことはいうまでもないが、赤川氏の作品は質的にも非常に安定しており、そのあたりに老若男女を問わず人気を博している秘密があるのであろう。

先ごろ、赤川氏の著書（文庫化など再刊物を除く）の総計が百冊を突破したことは、まだ記憶に新しい。現在三十代で、今まさに脂の乗り切った観のある赤川氏にとって、百冊は単なる通過点にすぎず、今後さらに旺盛《おうせい》な創作活動が続けられてゆくに違いない。氏の二百冊目、そして三百冊目の著書を手にとる日も、そうそう先のことではあるまい。

本書は一九八五年四月に刊行された角川文庫を改版したものです。

なお、この作品はフィクションであり、登場する人物・団体等はすべて架空のものです。

自殺《じさつ》行《ゆ》き往復切符《おうふくきっぷ》

赤川次郎《あかがわじろう》

昭和60年 4月10日 初版発行
平成30年 9月25日 改版初版発行
令和7年 2月5日 改版5版発行

発行者●山下直久

発行●株式会社KADOKAWA
〒102-8177 東京都千代田区富士見2-13-3
電話 0570-002-301(ナビダイヤル)

角川文庫 21150

印刷所●株式会社KADOKAWA
製本所●株式会社KADOKAWA

表紙画●和田三造

●お問い合わせ
https://www.kadokawa.co.jp/ (「お問い合わせ」へお進みください)
※内容によっては、お答えできない場合があります。
※サポートは日本国内のみとさせていただきます。
※Japanese text only

ISBN 978-4-04-106590-7 C0193

角川文庫発刊に際して

角川源義

第二次世界大戦の敗北は、軍事力の敗北であった以上に、私たちの若い文化力の敗退であった。私たちの文化が戦争に対して如何に無力であり、単なるあだ花に過ぎなかったかを、私たちは身を以て体験し痛感した。西洋近代文化の摂取にとって、明治以後八十年の歳月は決して短かすぎたとは言えない。にもかかわらず、近代文化の伝統を確立し、自由な批判と柔軟な良識に富む文化層として自らを形成することに私たちは失敗して来た。そしてこれは、各層への文化の普及滲透を任務とする出版人の責任でもあった。

一九四五年以来、私たちは再び振出しに戻り、第一歩から踏み出すことを余儀なくされた。これは大きな不幸ではあるが、反面、これまでの混沌・未熟・歪曲の中にあった我が国の文化に秩序と確たる基礎を齎らすためには絶好の機会でもある。角川書店は、このような祖国の文化的危機にあたり、微力をも顧みず再建の礎石たるべき抱負と決意とをもって出発したが、ここに創立以来の念願を果すべく角川文庫を発刊する。これまで刊行されたあらゆる全集叢書文庫類の長所と短所とを検討し、古今東西の不朽の典籍を、良心的編集のもとに、廉価に、そして書架にふさわしい美本として、多くのひとびとに提供しようとする。しかし私たちは徒らに百科全書的な知識のジレッタントを作ることを目的とせず、あくまで祖国の文化に秩序と再建への道を示し、この文庫を角川書店の栄ある事業として、今後永久に継続発展せしめ、学芸と教養との殿堂として大成せんことを期したい。多くの読書子の愛情ある忠言と支持とによって、この希望と抱負とを完遂せしめられんことを願う。

一九四九年五月三日

角川文庫ベストセラー

怪談人恋坂　赤川次郎

謎の死をとげた姉の葬式の場で、郁子が伝えられたショッキングな事実。その後も郁子のまわりでは次々と殺人が起こって……不穏な事件は血塗られた人恋坂の怨念か。生者と死者の哀しみが人恋坂にこだまする。

友に捧げる哀歌　赤川次郎

晴れやかな大学の入学式。新入生のはるかは、故郷の幼なじみ・浩子によく似た少女とすれ違った。浩子は十年前に行方不明になったままなのだが――。青春サスペンスミステリ。

教室の正義　闇からの声　赤川次郎

締め付けが強まる一方の学校、公正な報道をしないマスコミ、そして戦争に加担し続ける政治家たち――。現代の日本が抱える問題点を鋭く描く意欲作。

幽霊の径　赤川次郎

十六歳の女子高校生・令子。ある夕暮れ時の小径で、白いドレスの女性とすれ違ったことをきっかけに、死者たちに導かれるようにして、自らの出生の秘密を知っていく――。

記念写真　赤川次郎

荒んだ心を抱えた十六歳の高校生・弓子。彼女が海が見える展望台で出会った、絵に描いたような幸福家族の思いがけない〝秘密〟とは――。表題作を含む十編を収録したオリジナル短編集。